태어나서 죄송합니다

일러두기

1. 도서명은 《 》, TV 프로그램명, 영화명, 음악명, 오페라명은 〈 〉로 표기했습니다.

2. 본 도서에 실린 인용문은 추후에 허가 작업을 마무리할 예정입니다.

왜 태어났는지 죽을 만큼 알고 싶었다

태어나서 죄송합니다

전안나 독서에세이

프롤로그

김주영이었던, 전안나입니다.

김주영은 고아였고,

태어나서 5년간 법적으로 존재하지 않았던 무적자였고,

입양 아동이었고,

아동 학대 피해자였습니다.

지금 전안나는 아동 인권 강사이고,

가정 폭력 전문 상담사이고,

사회 복지사이며,

두 아이의 엄마입니다.

남들과 다른 어린 시절을 보냈다고 특별하거나 이상한 사람이 아닙니다. 이 글을 읽는 당신처럼, 직장을 다니고 결혼을 하고 아이를 키우고 노후 걱정을 하며 사는 평범한 대한민국 국민입니다. 불현듯 무의식 속에서 아픔이 떠오를 때도 있지만, 쾌활하고 긍정적으로 삶을 살아가고 있습니다.

2022년은 어린이날이 제정된 지 100년이 되는 해입니다. 하지만 아동 학대는 더 잔혹해진 모습으로, 더 빈번하게 뉴스에 등장하고 있습니다. 죽은 아이들은 말을 할 수 없고, 성인이 된 아동 학대 생존자는 말을 하지 않습니다. 그렇기에 저의 이야기라도 남겨야겠다는 마음으로 기록을 시작했습니다.

잊으려 부단히 노력했던, 그래서 잊어버리는 데 성공했던 기억을 다시 떠올리며 글을 써 내려가는 것은 고통스러웠습니다. 두려웠습니다. 몸은 마흔이 넘은 전안나인데, 낯선 집에서 낯선 여자에게 맞던 다섯 살 김주영이 다시 된 것 같아 마음이 아프다 못해 몸까지 아팠습니다. 그렇게 여기에 한 사람의 삶을 담았습니다.

약자는 자기 언어가 없는 사람이라고 합니다. 저도 그랬습니다. 무슨 말을 어떻게 시작해야 할지 몰랐습니다. 그래서 책을 펼쳐서, 책 속 언어를 따라 제 마음을 적어 봅니다.

글을 다 쓴 후에도 이 글을 세상에 내보이는 마음이 편하지만은 않습니다. 이렇게 나를 드러내기까지 큰 용기가 필요했습니다.

저는 이 글을 저와 같이 아동 학대 피해자로 살다가 성인이 된 '아동'을 생각하며 썼습니다. 또 지금 아이를 키우는 '부모'를 생각하며 썼습니다. 부모에게 상처 받아 본 적이 있는, 폭력으로 인한 아픔을 겪어 본 적이 있는 '우리'를 생각하며 썼습니다.

이 글로 누군가를 위로하겠다거나, 나도 이렇게 살았으니 당신도 살라고 말하고 싶지 않습니다. 저도 아직 이겨내지 못했습니다.

하지만 나에게, 그리고 너에게 이 말을 꼭 해주고 싶습니다.

네 잘못이 아니야.

절대로 네 잘못이 아니야.

태어나서 죄송한 사람은 없어.

제가 가장 듣고 싶었던 말입니다.

2022년 3월

전안나

차례

1부

Remember

Feeling

Thinking

Action

1

태어나서 죄송합니다

《자기 역사를 쓴다는 것》

다치바나 다카시, 바다출판사, 2018

태어나서, 죄송합니다.

나는 27년간 태어나서 죄송한 존재였다. 나는 내 이야기를 꺼내기가 무서웠다. 어느 인자한 어른께서 내가 살아온 이야기를 들어 보더니 글로 써보라며 권했지만, "네, 언젠가는…"이라고 대답하며 회피할 수밖에 없었다.

두려웠던 거다.

내가 살아온 삶을 머릿속으로, 가슴속으로 또 경험하고 싶지 않았다. 그런데 "나는 누구나 한번은 자기 역사를 쓰는 일에 도전해 보아야 한다고 생각한다. 자기 역사를 쓰지 않으면 자기라는 인간에 대해서 제대로 이해하지 못하기 때문이다"라며, "자기 역사를 쓰는 가장 중요한 이유는 자기 자신을 위해서, 즉 자신의 존재 확인을 위해서이다"라는 다치바나 다카시의 말이 나를 원고지 앞에 앉혔다. 나의 존재를 확인하는 것은 나에게 정말 필요한 일이다. 나는 태어나서 죄송한 존재로 오랜 시간 살아왔으니까….

자기 역사를 쓰는 가장 중요한 이유는
자기 자신을 위해서,
즉 자신의 존재 확인을 위해서이다.

지금까지의 나를 돌아보고 경험을 되뇌는 것이 40년 묵은, 낮지 않고 덧난 '상처'였다면, 그때의 내 느낌과 기억을 글로 정리해서 객관화하는 것은 '치유'라는 생각이 들었다. 그러다 보니 글쓰기를 처음 시작하고 한동안은 양부모님이 너무 미워서 걸려 온 전화도 받지 않고, 소소한 일에도 화를 냈었다. 내 삶을 글로 쓴다는 생각만으로 마음이 일렁거리곤 했다.

《자기 역사를 쓴다는 것》에는 개인들의 다양한 역사가 나온다. 자기 역사를 쓸 때 보통은 출생지와 가족 사항, 출생 시 있었던 특별한 사건을 떠올려 보는 것으로 시작한다. 그런데 나는 어디서, 어떻게, 누구에게 태어났는지 모른다. 내가 알고 있는 사실은 '고아원에 살다가 입양되었다'라는 것뿐이다. 동사무소에 가서 서류를 찾아보니 나에 대한 정보는 이렇게 인쇄되어 나온다.

이름	전안나
생년월일	1982년 2월 24일
출 생 지	서울특별시 은평구 불광동
출생 신고일	1987년 12월 21일

1982년 2월 24일 태어난 아이는 5년간 세상에 없었다가, 1987년 12월 21일 출생 '신고되었다'. 최초의 공식 서류에 적힌 네 가지 정보는 무엇을 알려 주는 것일까?

서류상 이름은 '전안나'이다. 그런데 내 이름은 전안나가 아니다. 고아원에서 나는 '김주영'이었고, 나는 진짜 내 이름을 모른다. 친아버지, 친어머니는 최초에 나를 뭐라고 명명했을까?

서류상 생일은 1982년 2월 24일이다. 나는 정말 이날 태어났을까? 나는 이날이 진짜 내 생일이라고 생각해 본 적이 없다. 아무래도 나는 죽을 때까지 내가 진짜 태어난 날을 모를 것 같다고 생각했는데, 작년에 양아버지께서 "네 진짜 생일은 3월 14일이다"라고 알려 주셨다. 3월 14일. 사탕을 주고 받으며 사랑하는 마음을 전하는 화이트 데이에 '태어나서 죄송한 내'가 태어났다니, 인생은 가까이서 보면 비극이고 멀리서 보면 희극이라는 말이 맞나 보다. 그런데 1982년생이라는 것도, 3월 14일도 진짜가 맞을까?

서류상 출생지는 은평구 불광동이다. 내 출생지가 서울 특별시 은평구 불광동으로 되어 있지만, 이곳이 내가 태어난 곳은 아니다. 내가 발견된 곳의 주소, 혹은 내가 살았던 고아원의 주소가 아닐까 추측해 본다.

서류상 출생 신고일은 1987년 12월 21일이다. 하늘에서 뚝 떨어진 아이처럼, 나는 태어난 지 5년이 지나서야 출생 신고되었다. 양부모님 집으로 처음 간 것은 1986년 반팔을 입은 어느 더운 여름날이었는데 출생 신고가 1987년 12월에야 된 걸 보니, 양부모님은 나를 입양한 후에도 입적을 할지 말지 1년 반 넘게 고민했었나 보다. 따라서 출생 신고일도 진짜는 아니다. 나는 여섯 살까지 무적자로 살았다.

이름도, 생일도, 출생지도, 출생 신고일도 모두 가짜인 나.

나는 여기 이렇게 숨 쉬고 살아 있는데, 현실에 존재하는 나는 과연 누구일까.

개인의 역사가 곧 세계사

다치바나 다카시는 "개인의 역사가 곧 세계사"라고 말하며, 자기 자신만의 희로애락이 담긴 개인사를 시대의 역사를 반영한 사회사로 발전시키라는 의미에서 자서전이 아닌 '자기 역사'를 쓰라고 말한다.

내가 태어난 1982년은 제5공화국 전두환 정부 시대이다. 잠실 야구장이 개장했고, 한국 프로 야구가 출범했으며, 아시안 게임이 개막했다. 대한민국에 첫 인터넷이 개설되었고, 500원짜리 동전이 처음 만들어졌으며, 8비트 컴퓨터가 한국에서 처음 만들어진 해이다. 그런 사회사와는 별도로, 내 생애 첫 기억은 고아원이다.

바깥세상과는 분리되어 나와 같이 존재 없는 아이들, 태어나서 죄송한 아이들이 대규모로 수용되었던 고아원은 내 생애 첫 집이다. 외국에서는 1980년대부터 대규모 고아원이 사라지고 소규모 가정집 형태의 그룹홈으로 변해 갔는데, 나는 한국에서 한참 고아원이 번창하던 시기에 태어났다. 해외로 대규모 입양 아동 수출이 이뤄지던 시기, 나는 운이 좋았는지 나빴는지 한국에 입양되었다. 지금처럼 공개 입양이 아닌 비공개 입양, 출생 신고로 처리되는 입양이었다.

지금은 '아동 양육 시설'이라 부르는 그곳. 검색해 보니 그 자리는 빌라가 되었고, 내가 살았던 고아원은 다른 곳으로 이사 간 뒤였다. 아직도 뉴스에 종종 나오는 고아원이다. 서울 은평구에 위치한, 짙은 남색에 둥근 아치형 철문으로 된 고아원 출입문이 생각난다.

안에는 생활관이 있었고, 교회가 있었고, 어린이집이 있었다. 그곳에는 수십 명의 여자아이가 살았고, 수용실처럼 널찍한 방에서 나와 비슷한 또래 여자아이들 십여 명이 함께 지냈다. 언니부터 동생까지 여러 명이 한방을 썼는데, 자다가 밤 12시쯤 되면 선생님이 우리를 깨우곤 했다. 이불에 오줌 싸지 말라고 일부러 깨워서 화장실에 보내는 것이다. 비몽사몽간에 긴 복도를 따라 줄을 서서 화장실에 갔다가 다시 비몽사몽 잠을 자곤 했다. 초등학교에 들어가는 언니들에게는 책상이 한 개씩 배정되었다. 나는 고작 다섯 살뿐이었지만 자기 책상을 가진 언니들이 부러워서 일부러 올라가서 앉아 보던 기억 조각이 있다.

한 번씩 고아원에 소독차가 왔다. 건물 안까지 들어와서 하얀 소독약을 뿌렸다. 아이들은 소독차를 쫓아가며 달리기를 했다. 소독차 아저씨는 쫓아온 우리에게 주머니에 있던 용각산을 한 알씩 나누어 주었다. 아주 작은 은색 구슬처럼 생긴 매운 용각산을 우리는 호기심 어린 눈으로 받아먹었다. 입에 얼른 집어넣고 다시 손을 내밀었다. 맛이 이상했지만 더 달라고 졸랐다.

우유갑을 볼 때마다 떠오르는 기억이 있다. 고아원 안에 있는 어린이집에 다녔는데, 이날 준비물이 우유갑이었다. 준비물을 구할 수 없어서 교무실처럼 생긴, 담당 보육 선생님이 있는 곳으로 쭈뼛쭈뼛 들어가 준비물로 우유갑을 가져가야 한다고 말했다. 선생님 책상 위에 마침 우유가 하나 놓여 있었는데, 그 선생님은 우유를 쭈욱 마시더니 빈 갑을 나에게 내밀었다. 그때 그 우유가 얼마나 먹고 싶었던지. 지금 생각해도 '그 우유, 선생님이 먹지 않고 나 먹으라고 주지…'라는 생각이 남아 있을 정도니, 그날의 내가 애처롭다는 생각이 든다.

다치바나 다카시는 "대개의 사람들의 최초 기억에는 강한 희로애락의 감정이 동반되어 있다"고 말하는데, 내 최초의 기억은 '먹을 것'에 대한 슬픈 기억이라고 해야 할까? 아니면 어린이의 마음을 읽어 주지 못한 '어른의 무심함'에 대한 분노의 기억이라고 해야 할까? 아니면 지금도 남아 있는 '식탐'이라고 해야 할까?

서른 살이 되던 해, 어릴 적 살았던 고아원에 전화를 걸었다.

"제가 어릴 적 거기 살았었는데, 찾아가면 저에 대한 정보를 확인할 수 있나요?"

묻는 내 목소리가 떨렸다. 어린 목소리의 직원은 이런 전화를 자주 받았다는 듯 차분한 목소리로 덤덤하게 말했다.

"저희 부장님이 20년 넘게 근무하고 계셔서, 아마 찾을 수 있을 거예요. 서류 창고에 있을 것 같아요."

"그분을 바꿔 주시겠어요?"

아, 뭔가 찾을 수 있겠구나. 심장이 빨리 뛰었다.

"부장님이 휴가여서 오늘은 통화가 어려워요. 메모 남겨 드릴까요?"

순간 나도 모르게 됐다는 말을 하고 전화를 끊었다. 그리고 안도감이 들었다. 왜 나는 안도했을까. 나도 내 마음을 모르겠지만, 그렇게 나의 과거 찾기는 5분 만에 끝나 버렸다.

내 이름은 전안나이다.

그리고 김주영이다.

그게 내 역사의 시작이다.

2

태어났지만, 태어나지 못한 무적자

《나는 나》
가네코 후미코, 산지니, 2012

✦

나를 입양한 양부모는 나이가 쉰 줄에 들어선 아이가 없는 부부였다.

"아이가 안 생겨서 얼마나 힘들게 너를 가졌는지 아니? 나팔관이 막혀서 인공 수정도 하고 힘들게 너를 낳았는데, 어느 날 놀이터에서 놀다가 너를 잃어버렸단다. 너를 찾기 위해 현수막도 붙이고, 우유갑에 네 사진도 싣고, 경찰서마다 헤매다가 너를 드디어 찾은 거야."

이 말을 초등학교 때까지는 믿었다. 아니, 믿고 싶었던 것 같다. 다섯 살까지 고아원에서 지내다가 1986년 양부모님 집으로 갔다. 기억의 순서를 더듬어 보면 대충 이러하다.

선생님이 나를 부른다 - 굳게 닫힌 문을 연다 - 처음 들어가 보는 원장 방이다 - 큰 소파 - 원장과 어른 두 명 - 나를 보고 웃는다 - 나에게 말을 건다 - 침묵한다 - 갑자기 옷을 벗긴다 - 알록달록 공주 옷으로 갈아입는다 - 어른 두 명을 따라 나간다 - 운전기사가 운전하는 차에 탄다 - 내 자리는 운전사 뒤쪽 창 아래 - 창문이 열려서 시원하다는 느낌 - 무언가 처음 보는 광경이 신기하다 - 옆자리에 앉은 어른의 팔을 꾹꾹 찔러서 보라고 손짓한다 - 차에서 내린다 - 이제 내가 살게 될 집이다

이것이 내가 기억하는 입양 절차의 모든 것이다. 첫 집이었던 고아원에서 나와 생애 첫 외출로 도착한 내 두 번째 집. 그 집은 강북구 수유리 1층 단독 주택이었다. 세 칸의 방이 있었는데 왼쪽 방과 오른쪽 방 하나는 월세를 주었고, 주인집인 우리 집은 거실 한 개와 방 한 개, 부엌을 썼다. 화장실은 집 안에 있는 것이 아니라 대문 옆에 따로 있어서 열 명이 넘는 사람들이 함께 사용했다. 세수하고 머리 감는 수도꼭지

도 야외에 있어서 솥에 물을 받아 부엌에 가서 끓인 후, 다용도실에서 목욕을 해야 했던 옛날식 주택이었다. 파란 대문 위에는 가느다란 일자형 사다리로 연결된 작은 텃밭이 있었고, 대문 안쪽에는 비상 버튼이 있어서 열쇠가 없어도 문을 열 수 있었다.

초등학교 1학년이던 1988년, 우리 집은 성북구 장위동 3층 단독 주택으로 이사했다. 언덕을 올라 고지대에 있는 큰 집이었다. 1층은 방 한 개가 있는 원룸으로 양아버지의 운전기사가 살았다. 우리 집은 방 두 개가 있는 2층, 제일 위 3층은 전세를 놓았고, 옥상에 올라가면 장위동 일대가 다 보였다. 높은 언덕 위 별장 같은 집이었다. 이 집에서는 고아원 첫 집에도, 수유리 두 번째 집에도 없었던 내 방이 생겼다. 방에는 갈색 삼익 피아노와 전등이 설치된 최신식 책상과 의자, 새 옷들이 꽉 찬 분홍색 미니 옷장이 들어왔다.

학교에 나처럼 머리부터 발끝까지 새 옷을 세트로 색깔 맞춰 입고 오는 아이는 없었다. 운전기사가 등교를 시켜 주는 아이도 없었다. 운전기사가 모는 차를 타고 학교에 오신 양아버지는 멋졌다. 일일 교사로 와서 내 기를 세워 주었고, 학교에 책도 많이 기부해서 나를 으쓱하게 했다. 우리 집은 부자였고, 나는 부잣집 외동딸이 되었다. 장위동 달동네 아이들 사이에서 나는 공주였다. 하지만 내 방도, 운전기사도, 예쁜 옷도 나의 행복과는 관련이 없었다. 나는 조금도 행복하지 않았다.

나는 재투성이 신데렐라였다. 양어머니로부터 학대받는 신데렐라가 되어 입양된 다섯 살 여름부터 양어머니 집을 탈출한 스물일곱 살까지 나는 매일 울었다. 여섯 살 크리스마스 사진에도 울었던 흔적이 남아 있다. 유치원에서 크리스마스 선물을 전달하기 위해 집집마다 가정 방문을 했던 날에 찍은 사진이다. 이유는 모르겠지만 양어머니에게 맞아서 울고 있었고, 초인종이 울려서 나가 보니 유치원에서 온 어색한 흰 수염을 단 산타 할아버지가 선물을 줬다. 그날은 가짜 산타가 진짜 산타처럼 보였다. 양어머니의 매로부터 나를 지켜 주었으니까. 크리스마스가 지나고 어린이집에서 보내 준 사진을 보니 내 얼굴에는 마른 눈물 자국 위로 웃을까 말까 하는 어색한 입꼬리가 남아 있다.

정서적 폭력, 언어적 폭력, 신체적 폭력에 노출되고도 누구에게도 도움을 요청하지 못한 채, 그 상처를 숨기고 살았다.

나처럼 사랑받지 못하고 학대받으며 자란 사람 중 나와 가장 비슷한 심정을 글로 남긴 사람은 가네코 후미코이다. 박열 열사의 동거인이자 폭탄 테러를 준비하다 감옥에서 자신의 생애를 적은 긴 글을 남기고 자살한 가네코 후미코. 그러나 나는 그녀가 《나는 나》에 쓴 것처럼 "저주받은 나의 생활의 최후의 기록이며 이 세상을 하직하기 위해 남겨 두는 기록"으로 이 글을 쓰는 것은 아니다.

가네코 후미코, 발터 베냐민, 프루스트 모두 유년에 대한 글쓰기를 유서 쓰기로 여겼지만 나는 그렇지 않다. 나는 죽는다면 아예 아무 흔적을 남기지 않을 것이다. 자살을 시도했던 중학교 때 그랬듯이…. 단지, 가네코 후미코의 글을 읽으며 나와 같은 사람이 세상에 한 명 더 있었다는 것을 알게 되었을 뿐이다. 태어났지만 태어나지 않은 무적자로 살았던 가네코 후미코처럼, 나도 무적자였다.

내가 알고 있는 것이라곤
나 자신이 태어났고 살아 숨 쉬고 있다는 것뿐이었다.
그렇다. 나는 내가 살아 있음을 분명히 느끼고 있다.

아버지와 어머니로부터 보호받지 못하고 양녀로 간 집에서 식모로 살았던 가네코 후미코처럼, 나도 양녀로 간 집에서 식모였다. 요리와 설거지를 하지 않고 밥을 먹어 본 적이 없다. 청소를 하지 않고 잠을 자본 적이 없다. 중·고등학교 때 친구들이 엄마가 싸준 도시락 반찬이 맛없다고 투정할 때, 나는 양부모님의 밥상을 차리고 도시락을 싸서 학교에 갔다.

나는 매일 양어머니의 화풀이 대상이었고, 그것이 내 밥값이었다. 단 하루도 울지 않았던 날이 없었다. 양어머니는 화를 자주 냈고, 그 화는 모두 나에게 돌아왔다.

입양된 다섯 살 때부터 무슨 트집이든 잡아서 뺨을 때리고, 머리채를 잡고 흔들었다. 팔꿈치 뒤쪽이나 허벅지 안쪽, 가슴, 배 등 안 보이는 부위의 살을 골라 꼬집었다. 초등학교 6학년 때였다. 같은 반 남자아이가 눈이 내리는 마을이 그려진 오르골을 선물로 주었다. 그걸 받아 왔다고 양어머니는 '화냥년'이라며 나를 발로 마구 밟으며 온몸을 때렸다. 옷을 다리다가 화가 나면 뜨거운 다리미를 들고 위협했다. 요리를 하다가 화가 나면 식칼을 내 목에 대고 "목을 푹 쑤셔 버릴라!"라고 말했다.

중학생이 되었을 때는 이제 막 자라기 시작하는 가슴 주변을 꼬집었다. 온몸에는 꼬집힌 핏물 자국과 멍이 끊임없이 생기고 없어졌다. 노랗고 뻘건, 퍼런 멍 신호등이 몸에서 떠나지 않았다. 고등학생 때는 생리통이 심해서 아침밥을 차리지 못하고 누워 있자 '꼴 보기 싫다'며 누운 채로 머리채가 잡혀 마루까지 끌려갔다.

내가 어려서부터 가장 많이 들은 말은 '죽어라'였다. "나가 죽어라. 차에 받혀 꼭 죽어라. 옥상에서 뛰어내려라. 남들은 잘도 죽던데 너는 왜 못 죽느냐"라는 말이 일상다반사였다. 양어머니가 나를 왜 때렸는지는 모르지만, 항상 사과는 내 몫이었다. 피해자가 잘못했다고 가해자에게 용서를 빌어야 했다.

나에 대한 모든 권한은 나에게 있지 않았다. "제멋대로 굴면 학교에 보내지 않을 테야. 잘 생각하고 지껄여. 너를 학교에 보내는 것도 보내지 않는 것도 모두 우리 권한이야"라는 가네코 후미코의 할머니 말처럼, 양어머니는 내가 학교에 가는 것부터 잠자는 것, 밥 먹는 것까지 모든 것을 통제하려 했다. 나에게는 친구네 집에 가거나, 놀이터에서 친구들과 노는 것이 허락되지 않았다. 학교에서 수련회나 소풍을 갈 때마다 "안 보낼 거야"라고 말하며 내 어린 마음을 무너뜨렸다.

　가네코 후미코의 글을 읽으며 알게 된 것은 '이 모든 일은 내 잘못이 아니다'라는 것이다. 가네코 후미코가 무적자인 것이 본인의 잘못이 아니듯, 할머니에게 미움받은 것이 본인 잘못이 아니듯, 혼나지 않기 위해 거짓말한 것이 본인 잘못이 아니듯, 나의 어릴 적 삶도 내 잘못이 아니다. 가네코 후미코가 내게 말한다. "네 잘못이 아니야." 100년 전에 죽은 그녀가 나를 위로해 준다.

　그동안 내 이야기를 밖으로 꺼내지 못했던 것은 어쩌면 이 모든 것이 — 고아원에 살았던 것도, 입양된 것도, 아동 학대를 받은 것도, 오랫동안 탈출하지 못한 것도 — 전부 내 잘못일지도 모른다는 생각 때문이었는지 모르겠다. 양어머니에게 맞으면서 이유도 모른 채 매번 사과해야 했던 어린 전안나는 지금도 내 마음속에 남아 있다.

　그렇게 27년을 살았더니, 마흔이 넘은 지금도 나는 내 존재만으로 미안하고 사과해야 할 것만 같다. 나는 왜 태어났지만, 태어나지 못한 무적자가 된 것일까? "나는 나 자신이어야만 한다. 나는 너무나 많은 사람들의 노예로 살아왔다"라는 가네코 후미코의 말을 머릿속으로 되뇌어 본다.

나는 나 자신이어야만 한다.

나는 너무나 많은 사람들의 노예로 살아왔다.

지난 시간 동안, 나는 나 자신을 그대로 받아들이는 방법
을 몰랐다. 나 자신을 감추기 위해 평범함을 연기했다. 과장
된 화장 너머 진짜 표정을 감춘 배우처럼 밝은 얼굴로 웃었
다가 집 대문 앞에 서면 심호흡을 하고 무표정한 내 모습으
로 다시 돌아왔다.

하지만 이제는 나 자신이 되어 살아 봐도 괜찮지 않을까
조심스레 생각해 본다. '오랫동안 수고했어. 살아남아 줘서
고마워. 지금 모습 그대로 한번 받아들여 보자'라고 나에게
속삭인다.

'나는 나 자신이어야 한다. 누구의 노예도 아니어야 한다.'

혼잣말로 한 번 더 다짐한다.

'나는 나.'

3

양아버지의 유산

《칼자국》

김애란, 창비, 2018

김애란의 《칼자국》은 20여 년간 국숫집을 하며 주인공을 키운 어머니의 삶을 돌아보는 가슴 뭉클한 이야기이다. 그런데 나는 이 책에서 가슴 뭉클한 어머니의 삶보다 조연으로 나오는 아버지의 모습이 더 가슴에 남았다. 주인공의 아버지는, 내 양아버지를 연상시킨다.

양아버지는 1938년생으로 북한 함경도 지역에서 가난한 교육자 집안의 장남으로 태어났다. 교사였던 할아버지는 한국 전쟁 중 갑작스러운 죽음을 맞았다고 한다. 양아버지는 당시 중학생으로 미성년자였음에도 여덟 형제의 가장이 되었고, 줄줄이 딸린 동생들을 먹여 살려야 했다. 그렇게 중학생 때부터 신문 배달, 우유 배달을 하면서 학교를 다녔고, 대학교에 들어갔지만 학업을 중단하고 사촌이 운영하는 원단회사에서 일을 했다. 업무 능력이 좋아서 빠르게 승진을 했고, 몇 년 뒤 서울로 와서 원단 장사하는 분들을 대상으로 회계사 사무실을 차렸다. 1970~1980년대 동대문 원단 시장의 부흥기와 함께 양아버지의 사업은 승승장구했고, 집안을 일으켜 세웠으며, 지역 유지가 되어 어려운 사람을 돕는 장학회를 만들었다. 다양한 사회 활동을 한 덕분에 1994년에는 '자랑스러운 서울 시민상'도 받았다. 지금도 생의 자랑이 '서울 천년 타임캡슐'에 이름이 들어가 있어서 400년 뒤인 2394년 후손들에게 이름을 남길 수 있는 것이다. 그런데 몇 년이 지나지 않아서 사업이 망했고, 이후로 재기를 못 했다.

《칼자국》 속 '나'는 말한다. "아버지의 장점은 궁지에 몰린 순간 아무 말도 하지 않는다는 거였다." 현실 속 '나'의 양아버지도 그러했다. 양아버지는 순한 양 같은 착한 사람이었다. 한창 돈을 벌 때 양아버지는 형제들에게 매달 생활비를 대주었지만, 어느 형제도 그에게 감사하다 말하지 않았다.

양아버지가 망한 후 도와준 형제는 없었다. 그도 형제들에게 도와 달라고 말하지 않았다. 10여 년간 양어머니에게 무능하다고, 나가 죽으라는 저주에 시달리던 때 양아버지의 대응은 침묵이었다. 단단히 주먹을 움켜쥔 양어머니가 양아버지 뺨을 때리고 발로 차고, 옷을 현관 밖으로 던져 버릴 때도 양아버지는 침묵했다. 나가서 술을 먹고 늦게 들어와서는 쪽방에서 잠을 잤고, 아침이 되면 갈 곳도 없으면서 슬그머니 집을 나갔다.

내가 결혼하기 몇 달 전 양아버지는 집을 나갔다. 집을 나가자마자 양어머니는 기다렸다는 듯이 양아버지의 주민 등록을 말소하고, 변호사를 알아보러 다니면서 철저하게 이혼을 준비했다. 양어머니가 진행하는 이혼 절차에도 양아버지의 반응은 침묵이었다. 필사적으로 양어머니를 피해다녔고, 법적인 절차에도 침묵으로 대응했다. 양어머니를 만나기 싫었던 양아버지는 이혼 후 재산 분할도 청구하지 않았다.

양아버지와 양어머니가 이혼한 지 어느새 13년, 양아버지는 어느 마음 착한 미망인의 집에서 동거인으로 살고 있다. 순한 양 같이 착하고 무능해져 버린 남자. 착하고 무능한 사람은 나이가 들면 뻔뻔해지는 걸까? 아니면 원래 나이가 들면 뻔뻔해지는 것일까? 양아버지가 같이 살고 있는 미망인에 대한 호칭은 '너 엄마'이다. 나와 아무런 상관이 없는데 그저 본인과 같이 살고 있다는 이유로 '너 엄마'라고 거침없이 표현하는 저 입을 막고 싶다. 나는 엄마가 몇인 건가? 낳아 준 친엄마, 길러 준 양엄마, 남편 때문에 생긴 시엄마, 양아버지와 사실혼 관계인 새엄마까지. '굳이 엄마라고 부르게 할 건 없지 않나요? 양아버지의 가족일 수는 있지만 내 가족은 아닌 채로 그냥 살아가면 안 될까요?'라고 속으로 말하며 호칭을 얼버무린다.

양아버지는 나를 학대하진 않았지만 그래서 더 기대하게 만들었고, 더한 실망감을 안겨 주었다. 양아버지는 내 어린 시절 유일한 자랑이었다. 키 작고 눈도 작은 못생긴 양어머니와 어울리지 않는 잘생긴 얼굴과 남자다운 풍채로 운전기사가 운전하는 멋진 차를 타고 다니는 인품 좋은 사람이 바로 양아버지였다. 그런데 그런 양아버지가 내가 양어머니에게 맞아서 매일 울 때 나를 보호해 준 기억이 없다. 그래서 내 마음속엔 방관자였던 양아버지에 대한 원망이 가득했다.

서른 넘어 어느 날, 생각할수록 화가 나서 양아버지에게 말했다.

"아빠, 내가 어릴 때 엄마에게 그렇게 많이 맞고, 꼬집히고, 머리 다 쥐어 뜯겼는데 아빠는 왜 날 보호해 주지 않았어?"라고 따져 물었다.

"나로서는 그게 최선이었어. 너 엄마가 워낙 사나워서…. 나도 매번 막으려고 노력했어."

그 말을 듣는 순간, 바람 빠진 풍선처럼 내 마음속 원망이 사그라든다.

"아…, 그랬구나…."

듣고 보니 그랬다. 호랑이 같은 양어머니가 나에게 달려들 때 하지 말라고 말하며 막으셨지만, 순한 양 같은 아버지가 감당하기에는 호랑이가 너무 셌던 거다. 하지만 그렇다고 내가 당한 아동 학대에 대해 법적 보호자이자 어른이었던 양아버지가 아무 책임이 없다고 면책권을 줄 수는 없다.

나는 어머니가 해주는 음식과 함께
그 재료에 난 칼자국도 함께 삼켰다.
어두운 내 몸속에는 실로 무수한 칼자국이 새겨져 있다.

《칼자국》 속 딸은 말한다. "나는 어머니가 해주는 음식과 함께 그 재료에 난 칼자국도 함께 삼켰다. 어두운 내 몸속에는 실로 무수한 칼자국이 새겨져 있다." 나 역시 그러했다. 오랫동안 양어머니에게 학대받고 억압받으며 사는 동안, 양아버지는 나에게 아무것도 남겨 주지 않은 줄 알았다. 하지만 양아버지 역시 내 몸에 '무수한 칼자국'을 남겨 주었다.

양아버지의 삶은 나에게 실패했을 때 너무 오래 쉬면 안된다는 것을 가르쳐 주었다. 잠깐 쉬면 휴가이지만, 오래 쉬면 백수이다. 실패했을 때 너무 오래 쉬면 재기할 수 없다. 어떻게든 새로 다시 시작해야 한다.

양아버지의 삶은 나에게 시대의 흐름을 읽으면서 살아야 한다는 것을 가르쳐 주었다. 90년대 초반부터 사양길에 들었던 면직 사업에 찬바람이 불었을 때 빨리 손 털고 다른 곳으로 갈아탔어야 했다. 그러나 양아버지는 1993년 금융 실명제와 함께 사업이 망한 그날부터 지금까지 30여 년간 백수이다.

양아버지의 삶은 나에게 철저한 노후 준비의 중요성을 가르쳐 주었다. 언제나 사업이 잘될 줄 알았다는 후회가 이제와서 무슨 소용 있을까…. 다시 사업을 시작했어야 했다는 넋두리가 무슨 의미가 있을까…. 노후 준비를 못 했다는 한탄은 누구에게 하는 말일까….

《칼자국》 속 '아버지'처럼 양아버지는 "순간을 사는 사람이었다. 아버지는 거절을 못 하는 사람이었다. 아버지는 찬성만 하고 아무 신경 안 쓰는 사람이었다. 말하자면 나쁘다기보다는 좀 난감한 사람"이었다. 사업이 잘될 때 노후 준비를 하나도 하지 않은 채 형제들을 도와주었지만 정작 본인이 난처한 상황일 때는 손도 못 벌리는 사람이었다. 책 속 '아버지'처럼 양아버지는 내가 대학을 간다고 했을 때도, 결혼을 한다고 했을 때도 찬성했지만 도와줄 능력은 없었다. 도와주지 않았다.

아버지는 순간을 사는 사람이었다.
아버지는 거절을 못 하는 사람이었다.
아버지는 찬성만 하고 아무 신경 안 쓰는 사람이었다.
말하자면 나쁘다기보다는 좀 난감한 사람이었다.

이런 아버지를 보며 자란 나는 취업을 하자마자 연금 보험을 두 개나 들었다. 보험 가입을 도와주던 설계사가 의아한 얼굴로 물어봤다. "이십 대 초반 아가씨들은 연금 보험 잘 안 들어요. 이런 연금은 보통 사십 대에 노후 준비를 시작할 때 많이 들어요. 왜 연금을 두 개나 들어요?"라는 질문을 받고 나서야 알았다. 준비되지 않은 노후에 대한 나의 불안감이 얼마나 큰지를…. 어쩌면 내가 지금 사회 복지사이면서 작가, 강사 등 여러 개의 직업을 가지고 있는 이유도 노후에 대한 불안감의 표현일지 모르겠다.

양아버지가 남긴 가장 큰 '칼자국'은 '사회 복지'이다. 양아버지는 나에게 사회 복지를 알게 했다. 양아버지는 사업을 하고 잘 나갈 때, 노블레스 오블리주를 실천한 사람이었다. 선한 마음으로 아동·청소년을 도왔다. 어린 내 눈에도 소년 소녀 가장 장학회 회장이었던 양아버지가 참 멋져 보였다.

내가 사회 복지사가 된 것은 양아버지 덕분이다. 사회 복지는 멋진 것이고, 다른 사람을 돕는 일은 참 좋은 일이라는 생각을 심어 주었다. 내가 이렇게 20년이나 사회 복지를 할지 그때는 몰랐다. 내가 자랄 때 아버지가 해준 것이 별로 없다고 생각했는데, 사회 복지로 20년을 먹고살게 해줬으니 이걸로 다한 것일 수도 있겠다는 생각이 든다.

"고마워요, 아버지. 이걸로 유산은 충분해요.

방관자였던 아버지, 이제는 용서해 볼게요."

4

잘 살아남는 복수

《의식은 육체의 굴레에 묶여》

수전 손택, 이후, 2018

미국 최고의 에세이스트이자 평론가, 소설가였던 수전 손택은 '뉴욕 지성계의 여왕', '대중문화의 퍼스트레이디' 등 화려한 수식어가 붙는 명사이다. 그런데 그녀의 책을 보면 나처럼 사랑받지 못한 딸로서 절절한 심경이 이어진다. 1947년부터 1963년에 작성한 일기와 메모를 모은 《다시 태어나다》, 이어서 1964년부터 1980년의 일기와 메모를 모은 《의식은 육체의 굴레에 묶여》 등을 읽다 보면 수전 손택의 친어머니는 내 양어머니와 비슷한 면모를 많이 보인다.

"나는 혼자다. 사랑받지도 못하고 사랑할 사람도 없다. 살아남았다"라는 수전 손택의 말처럼 나는 혼자였다. 사랑받지도 못하고 사랑할 사람도 없었지만, 양어머니가 나를 사랑한다고 믿고 싶었다. 내게 매일 집안일을 시키고, 때리고, 사랑받는다는 느낌을 한 번도 준 적 없지만, 그래도 내가 이 집의 친딸이길 바랐다. 내가 친딸이라면 이런 문제가 다 해결될 거라고 생각했다. 수전 손택의 책을 읽기 전에는 말이다. 그녀의 책을 읽은 뒤엔 어쩌면 친어머니에게 사랑받지 못한 수전 손택보다 양어머니에게 사랑받지 못한 내가 나은 것은 아닌가 하고 생각하게 될 정도였다.

나는 혼자다. 사랑받지도 못하고 사랑할 사람도 없다.
살아남았다.

내가 입양되었고, 양어머니와 양아버지의 친딸이 아니라는 것을 생물학적으로 명확하게 알게 된 것은 중학교 생물 시간이었다. 양어머니는 O형, 양아버지는 A형, 나는 B형. 절대 나올 수 없는 조합의 가족이었다. 혈액형 유전, 우열의 법칙 등 여러 가지 유전 법칙을 다 비켜 나갔지만, 그럼에도 나는 믿고 싶었다. "나팔관이 막혀서 힘들게 너를 낳았는데, 어느 날 놀이터에서 놀다가 너를 잃어버렸단다. 너를 찾기 위해 많은 노력을 했어"라는 양어머니의 거짓말을. 하지만 내 삶은 양어머니에게 선택된 날부터 구겨진 종이처럼 찌그러져 버렸다.

지금도 종종 생각해 본다. 나를 왜 입양했을까? 수전 손택이 자신의 역할을 표현하듯이 나는 "어머니가 쓰러지지 않게 떠받치고 수혈을 해주고, 어머니 목숨을 부지해 줄 사람"으로 뽑혔는지도 모른다. 양어머니의 수발을 들고 보살펴 줘야 하는 돌봄 노동자, 가사 노동자로 입양되었다. 지금 생각하면 안타깝지만, 어렸을 때는 그런 내가 대단한 존재 같은 기분이 들기도 했다. 친척들이 오는 명절에 양어머니와 함께 30인분씩 음식을 만들어 내면, 친척들은 측은한 눈으로 나를 바라보았다. 친척들이 양어머니에게 "애를 놀리지도 않고 이렇게 힘든 일을 시키면 어떡해요. 좀 쉬게 해요"라고 말하면 그녀는 움찔했다. 그런 분위기가 어색해서 오히려 내가 "저, 괜찮아요. 요리하는 거 좋아해요"라고 대답했을 때는 나도 수전 손택처럼 "그렇게 어른스러운 사명을 내려 주어서 으쓱한 기분"이 들기마저 했다.

입양이라는 수갑에 묶인 채 도망칠 수 없는 나는 착한 딸,

사랑받는 딸 역할을 연기하고 있었다. 나는 그렇게 이중생활을 했다. 집 안에서는 친딸인 척, 친딸이라는 말을 믿는 척, 고아원에서의 기억이 없는 척, 양어머니를 사랑하는 척, 모범생인 척 연기했다. 이곳에서 나는 학대 피해자의 무기력한 모습 그 자체였다. 학습된 무기력 속에 머물러 있었다. 아기 코끼리 다리에 사슬을 채워 놓으면, 어른 코끼리가 되어서도 자연스럽게 사슬에 묶여 살아가듯이, 벼룩을 통에 담아 뚜껑을 덮어 놓으면 뚜껑을 열어도 딱 그 높이밖에 못 뛰듯이 나도 그러했다. 집 안에서의 나와 집 밖에서는 나는 완전히 다른 사람이었다. 나는 나를 연기했다.

집 밖에서는 자신 있는 척, 사랑받는 딸인 척, 믿음이 좋은 척, 밝은 척, 철없는 외동딸인 척 연기했다. 초등학생 때는 우등생을 연기했다. 중학교와 고등학생 때는 눈에 띄지 않는, 사고 치지 않는 모범생을 연기했다. 나는 완벽한 연기자였다. 대학교에 가서는 과 대표를 하고, 총학생회를 했다. 졸업하고 직장인이 되어서는 업무 능력을 인정받아 빠르게 승진했다. 그러면서도 집에서는 양어머니에게 계속 맞았고, 욕을 먹었고, 폭력에 시달렸다. 도움을 청할 사람이 없었다.

내가 받는 학대와 고통을 다른 사람에게 말하고 싶었지만 믿고 말할 만한 사람이 없었다. 아니, 나는 다른 사람을 믿지 않았다. 나는 나 자신도 믿지 않았으니…. 물론 말하고 싶은 사람이 있긴 했었다. 하지만 말을 하고 나서 받을 낙인과 나를 불쌍하게 보는 시선은 내게 2차 폭력이 될 것이라는 두려움이, 가해자인 양어머니가 나의 폭로를 알고 나면 나는 진짜로 죽을 수도 있다는 생각이 나로 하여금 수십 년간 입을 닫게 만들었다.

나는 사람이 제일 어렵고 무섭다.
지금도 그렇다.

이중생활처럼 내 마음도 다중이었다. 자기 연민과 자기 비하를 하루에도 몇 차례씩 왕복했다. 그럼에도 학교는 계속 다녔고, 대학에 갔고, 리더가 되었고, 졸업을 했고, 직장인이 되었다. 회사에서는 정규직 직원이 되었고, 승진해서 팀장이 되었다.

그렇지만 나는 내가 한심했다. 밖에서는 사회 복지사랍시고 명함을 들고 다니며 어렵고 힘든 사람, 나와 같은 학대 피해자를 돕고 있지만 내 삶 하나 감당하지 못하고 피해자로서 사는 삶을 벗어날 수 없는 치료자라니. 너무 비참하고 나 자신이 한심했다.

워커홀릭으로 일에 집중했던 것은 그것 말고는 내 가치를 인정받을 길이 없었기 때문이다. 일을 하면 합법적으로 집을 나올 수 있었다. 지금도 후회되는 것은 스무 살이 지나서 왜 바로 양어머니에게서 탈출하지 않았을까 하는 점이다. 고시원이라도, 기숙사라도, 월세라도 얻어서 진작 나왔어야 했는데 말이다.

인간은 외로울 때 자기 자신을 둘로 나눈다.

니체는 "인간은 외로울 때 자기 자신을 둘로 나눈다"라고 말했다. 폭력에 노출된 피해자로 살아가는 삶과 주도적으로 내 인생을 이끌어 가는 삶, 이 두 가지를 분리하며 사는 것은 너무 괴롭고 힘에 부쳤다. 속으로는 이를 악물어 피멍이 들면서도 겉으로는 삶을 무심히 잘 살아 내야 했다. 피해자와 치료자라는 이율배반적인 삶을 살기 위해서는 양어머니가 모르는 나만의 산소 호흡기가 필요했다.

나의 산소 호흡기는 책이었다. 내가 나를 둘로 쪼개서 철저한 이중생활을 하면서도, 말 그대로 미칠 것 같은 생활 속에서도 미치지 않은 것은 책 때문이었다. 책은 나에게 무중력 상태였다. 그곳에서 나는 안전했다. 책을 읽으며 나는 나를 치유해 나갔다. 책 중독자처럼 매일 책을 읽고, 그것으로도 충족이 되지 않아 온갖 것들을 배우러 다녔다. 심리학, 상담, 미술 치료, 비폭력 대화법, 자기 인식 교육, 심리 검사에 이어 대학원을 두 번이나 다니며 무언가를 찾아다녔다.

나는 내가 누구인지 찾고 싶었다. 내가 왜 태어났는지 궁금했다. 내가 태어나서 죄송하지 않은 이유를 찾고 싶었다. 그렇게 내가 살아야 하는 이유를 찾아다녔다. 나는 있는 그대로의 내 모습을 찾기 위해 계속 나를 찾는 공부를 이어 갔다. 그리고 내가 진짜로 원하는 것이 무엇인가 끊임없이 생각했다.

나에게 필요한 건 용기였다. 피해자가 아닌, 그저 한 사람으로서 살려면 새로운 자세가 필요했다. 그런 배움 끝에, 나는 더 이상 내 삶을 분리시키지 않기로 마음먹었다.

양어머니의 저주를 벗어나야 했다. 그녀의 말처럼 죽어도 싼 존재가 아니라고, 그녀의 말처럼 별 볼 일 없는 존재가 아니라고, 그녀의 말처럼 죽어 버리지 않고 반드시 잘 살아

남는 복수를 할 거라고….

"어머니가 쓰러지지 않게 떠받치고 수혈을 해주고, 어머니 목숨을 부지해 줄 사람"을 거부한다. "그렇게 어른스러운 사명을 내려 주어서 으쓱한 기분"이 들게 했던 가짜 사명감을 던져 버린다. 수전 손택의 어머니 이름은 누구도 모르지만 '수전 손택'은 역사에 남겨진 것처럼, 나도 양어머니 이름은 내 역사에서 지워 버리고 '전안나'라는 이름만을 남길 것이다.

내가 똑같이 욕하고 때리는 복수를 하지 않는 이유는
나는 그녀처럼 수준 낮은 사람이 아니니까
그녀처럼 미성숙한 사람이 아니니까.

나는 괜찮은 사람이니까
나는 성숙한 어른이니까
나는 고급스러운 복수를 선택했다.
누구보다 행복하게, 우아하고 성숙하게 살 것이다.

나는 지금, 잘 살아남는 복수 중이다.

5

함께 맞는 비

《담론》
신영복, 돌베개, 2015

신영복 작가는 "그 사람의 생각은 그가 살아온 삶의 역사적 결론"이라고 말했다. 그렇다면 '나'도 내가 살아온 삶의 역사적 결론이라고 봐야 할까? 내 삶을 돌아본다. 나는 성인이다. 직업도 있다. 그렇지만 스물일곱 살까지 양어머니로부터 독립할 수 없었다. 몸도 정신도, 나는 그곳에서 스스로 빠져나올 수 없었다. 부모에게서 독립하고 새로운 가정을 꾸리기 전 미혼의 시기를 '자녀 독립기'라고 말하는데, 나는 이런 '독립기'를 가져 본 적이 없다. 스물여덟 살에 결혼했다. 친구들 사이에서는 가장 빠른 결혼이었다. 지금 생각해 보니 나는 결혼을 하고 싶었던 것이 아니라 부모에게서 독립하고 싶었던 것 같다. 당시 내 생각으로는 부모로부터 독립할 수 있는 가장 합법적이고 타당한 방법이 결혼밖에 없었기에 나는 결혼을 선택했다.

그 사람의 생각은
그가 살아온 삶의 역사적 결론이기 때문입니다.

내 발목을 잡았던 것은 무엇일까?
어릴 적부터 들어왔던 기독교적 교리 때문일까?
한국 사회 저변에 깔린 유교 문화에 근거한 효 사상 때문일까?
양부모님의 가부장적인 사고방식 때문일까?
고아인 나를 키워 준 은혜에 대한 사람의 도리 때문일까?
아동 학대 피해자로서 학습된 무기력 때문일까?
나의 모든 선택은 내가 살아온 삶의 역사적 결론이 맞다.

　나를 세상으로 끄집어내 준 건 남편이다.
　교회 권사님 소개로 만난 남편과 1년 정도 연애를 하면서도 나는 남편에게 내 이야기를 할 수 없었다. 결혼하기까지 넘어야 할 산이 너무나 많았다. 한 번은 털어놓아야 할 고아라는 신분, 입양아라는 사실에 대한 고백, 예상되는 예비 시부모의 반대, 나를 놓기 싫어하는 양어머니의 결혼 방해, 아무 도움도 안 되는 방관자 양아버지, 양어머니의 사주를 받은 이모의 협박 전화….

결혼하자고 말하는 남편에게 먼저 내 역사를 밝혀야 했다. 나는 고아이고, 어려서 고아원에서 살았고, 친부모님이 누군지 모르고, 입양이 되었고, 어려서부터 아동 학대를 받았고, 양어머니가 지금도 때린다'라고 남편에게 고백해야 했다. 막장 드라마처럼 우선 숨기고 결혼한 뒤 평생 숨죽여 살다가, 타의로 이런 비밀이 드러나서 죄지은 인생으로 살고 싶지 않았다.

어느 날 저녁 차를 골목길에 주차한 후, 차 안에서 아무에게도 하지 못했던 말을 꺼냈다. 입에서 단어가 한 개씩 한 개씩 흩어져서 나왔다.

"말할 게 있어…. 내가… 사실은… 고… 고아원에서 자랐어…. 지금… 부모님에게… 입양됐어…. 많이… 맞으면서… 자랐어…."

띄엄띄엄 나오는 단어로 의미를 알아차린 남편은 한동안

말이 없었다. 침묵이 흐르는 동안 '아, 이 사람하고 오늘 헤어질 수도 있겠구나. 난 앞으로 어느 누구에게도 커밍아웃을 못 하겠구나'라는 생각이 머리를 스치고 지나갔다. 잠시 후, "미리 알아채지 못해서 미안해. 그 사람이 나쁜 사람이야. 네 잘못이 아니야"라고 말하는 남편 앞에서 더는 할 말이 없었다. 내가 27년 동안 비밀로 숨겨 왔던 것을 처음 세상에 내놓은 순간이었다.

며칠 뒤 남편에게 시부모님께도 사실을 밝혀 달라고 부탁했다. 며느리 될 사람에 대해 숨기지 않고 있는 그대로 말을 하고, 만약 시부모님이 나를 받아들일 수 없다고 하면 결혼을 하지 않겠다고 했다. 다행히 시부모님은 남편에게 "네가 결정한 사람이니까 받아들여야지"라고 말하며 흔쾌히는 아니지만, 받아 주셨다.

결혼 두 달 전에 양어머니 집을 나왔다. 가출, 아니 출가라고 해야 할까?

혼수도 할 것 없이, 남편 집에 옷 가방 하나 들고 들어가서 시작한 결혼 생활이었다. 남편은 멀쩡한 집의 아들로 태어나 강남 8학군에서 학교를 다녔고, 유학도 다녀왔으며 시부모님이 경제적인 준비도 잘 해놓아서 얼마든지 더 나은 결혼을 할 수 있었을 텐데 왜 나랑 결혼했을까? 지금도 미스터리이다. 어쨌든 남편은 나를 선택하는 바람에 못 볼 꼴을 많이 겪었다.

양어머니는 내 결혼을 막기 위해 수많은 방해를 했다. 막장 드라마를 너무 많이 본 탓일까? 양어머니는 병문안을 온 남편이 사온 선물을 이유 없이 병원 바닥에 던졌다. 남편에게 "네가 사기꾼인지 어떻게 알아? 급여 명세서와 졸업 증명서, 성적 증명서를 가져와"라고 트집을 잡았다. 결혼식장을 잡은 다음에도 상견례를 하지 않겠다며 날짜를 연기시켰다. 결국 양어머니 없이 양아버지만 모시고 겨우 상견례를 한 후에도 약혼만 하고 몇 년 더 있다가 결혼하라고 떼를 썼다.

양어머니가 이렇게 주장한 이유를 잘 안다. 내가 있어야 본인의 결혼 생활이 유지가 되고, 자신을 수발해 주고, 집에 생활비를 대줄 수 있으니까. 내 행복과 전혀 상관없는, 오로지 자신만을 위한 이유로 양어머니는 결혼을 반대했다. 아마 양어머니는 평생 그런 이유로 나의 결혼을, 나의 가출을, 나의 독립을 막았을 것이다.

결혼식 전날엔 양어머니의 언니인 이모가 전화가 와서

"안나야, 너 어렸을 때 고아원에 있었던 거 기억나니? 거기 고아원 이름이 ○○원이야"라고 말했다. 순간 당혹스러웠지만, 최대한 차분히 숨을 고르며 말했다. "네, 알고 있어요. 제가 입양된 게 다섯 살인데 다 기억하죠. 이모, 제가 고아원에서 살았던 거 남편도 알고, 시부모님도 아세요"라고 말하고 그녀가 당황하는 틈에 전화를 끊었다.

이건 협박이었을까? '네 남편과 시부모에게 네가 고아인 것을 말해서 결혼을 못 하게 하겠다'라는 의도는 아니었을까. 결혼식 당일까지 양어머니가 훼방을 놓을까 봐 불안에 떨었다.

만약 시부모님께서 본인의 아들이 며느리의 부모로부터 이런 대우를 받았다는 것을 알았다면 이 결혼을 결사반대했을 것이다. 사위 사랑은 장모라는데, 우리 집은 결혼하고 남편과 장모가 만나 차 한 잔 마신 적이 없다. 결혼 전에는 양어머니가 만남을 거부했고, 결혼 후에는 남편이 만남을 거부한다. 내가 남편이라도 그럴 것 같다.

돕는다는 것은
우산을 들어 주는 것이 아니라
함께 비를 맞는 것이다.

《담론》을 읽다가 울컥한 부분이 있다. 바로 "함께 맞는 비"라는 문장이다. 남편은 나에게 함께 맞는 비가 되어 주었다. 양어머니 앞에 서기가 두려웠던 나와 함께해 주었다. 우산을 씌워 주는 것이 아니라 함께 비를 맞아 주는 것이 상대와 내가 진정으로 하나 되는 것이라는 말은 바로 남편을 두고 하는 말이었다. 그렇게 남편은 나와 함께 비를 맞아 주었고, 우산이 되어 주었다.

삶에는 때때로 구원자가 필요하다. 누군가 벼랑 끝에 매달려 있을 때, 포기하지 않도록 독려하는 말이나 조언을 해 주는 것도 큰 힘이 될 수 있지만, 실제로 그 사람을 살리고 싶다면 매달린 팔을 잡아 끌어올려 주는 힘이 필요하다. 남편은 내 팔을 당겨서 세상 밖으로 나오도록 끌어올려 주었다.

나를 키울 수 없었던 친어머니에게 태어나서, 고아원에서 양어머니를 만나고, 지금의 남편을 만나 세상 밖으로 나오는 단계마다 '사람'이 있었다. 태어나기 힘든 상황에서 태어났고, 버림받았고, 고아원와 입원, 아동 학대 등 남들이 겪기 힘든 어린 시절을 보내는 단계마다 '일'이 있었다. "나의 정체성이란 내가 만난 사람, 내가 겪은 일들의 집합"이며, 이들이 "내 속에 들어와 나를 구성하는 것"이라는 신영복 작가의 말을 다시 생각해 본다.

나도 누군가가 힘들 때 기꺼이 우산이 되어 줄 수 있을까?
우산이 될 수 없다면 같이 비라도 맞아 줄 수 있기를 바란다.
나도 그렇게 구원받았으니까….

6

엄마가 넷

《가족의 두 얼굴》

최광현, 부키, 2012

나의 가장 큰 상처는 엄마였다.

나는 엄마가 넷이다.

낳아 준 친엄마,

키워 준 양엄마,

남편의 시엄마,

양아버지와 사실혼 관계인 새엄마까지,

나는 엄마가 넷이지만 진짜 엄마는 없다.

나는 그 어떤 엄마와도 좋은 부모 - 자녀 관계를 맺지 못했다.

《가족의 두 얼굴》처럼 가족에 관한 책을 읽다 보면 나처럼 입양아, 고아가 아니더라도 상처가 없는 집은 없다는 아이러니를 알게 된다. 이들은 가족인데 왜 기쁨과 행복보다 슬픔과 아픔, 피해 의식과 트라우마를 남기는 것일까? 특히 엄마나 아빠에 대한 상처가 없는 사람은 없다. "무언가에 상처를 받았을 때 누구에게도 갈 수 없었다는 것은 한 번도 사람을 통해 상처를 치유받은 경험이 없다는 뜻이다"라는 부분을 읽다 보니 나는 영원히 반쪽짜리 삶을 살겠구나 하는 생각이 든다.

무언가에 상처를 받았을 때
누구에게도 갈 수 없었다는 것은
한 번도 사람을 통해
상처를 치유받은 경험이 없다는 뜻이다.

나처럼 고아로 자랐거나 입양된 아이들은 자신의 정체성과 뿌리에 대해 극심한 고민의 시간을 가진다고 한다. 이런 '극심한 고민'이 나만의 문제가 아니라 모든 입양아들의 공통점이라 하니, 나도 어딘가에 소속된 느낌이 든다.

나는 내가 누구인지, 어떤 배경을 가지고 태어났는지 알고 싶어 죽을 것 같았다. 내 친부모는 어떤 사람이었고, 왜 나를 키울 수 없었는지 물어보고 싶었다. 지금 살아 있는지, 어디에 살고 있는지, 어떻게 늙어 가는지 알고 싶었다.

처음에는 원망하는 마음이 컸다. '왜 나는 다른 사람들처럼 평범하게 친부모와 함께 살 수 없는가?', '왜 나는 친부모의 얼굴조차 모르는 채 죽어야 하는가?' 같은 채워질 수 없는 상실감이 있었다.

집이 가난해서, 아버지가 술을 먹어서, 엄마가 아파서, 동생이 미워서, 언니와 매일 싸워서 힘들다는 사람들의 이야기를 들으면 겉으로는 이해하는 척 위로했다. "아, 그랬니? 힘들었겠다. 나는 형제가 없어서 사실 부러웠는데, 너무 힘들었겠다"라고 대답했지만, 속으로는 '그래도 넌 친부모랑 같이 살고 있잖아? 넌 형제자매가 누군지 알잖아? 난 그것조차 모르거든. 내 앞에서 배부른 소리 하지 마라'라는 생각이 먼저 들었다.

하지만 내가 엄마가 된 후에는, 친부모를 찾지 않는 것이 더 낫겠다는 생각으로 변했다. 어쩌면 그분들도 이미 새로운 가정을 꾸려서 잘 살고 있는데 나라는 존재가 갑자기 나타나서 분란을 일으키게 될 것이다. 차라리 내 존재를 모르는 것이 낫겠다 싶다.

또 한편으로는 친부모님이 내 존재를 아예 모르고 있을 수도 있겠다는 생각이 들었다. 어쩌면 낳자마자 내가 죽었다고 생각했을 수도, 아니면 딸을 낳아서 할머니가 갖다 버린 것일 수도, 미혼모에게서나 불륜 관계에서 태어났을 수도, 혹은 태어나자마자 친엄마가 죽은 것일 수도 있다.

그런데… 만약에… 친부모님이 살아 계신다면, 내가 감당할 수 없을 정도로 너무 어렵고 힘들게 살고 있다면 어떡하지? 나도 지금 내 삶을 살기가 힘든데, 그냥 하루하루 살아갈 뿐인데 친부모님까지 감당해야 한다면 어쩌지….

첫사랑이 잘 살면 배가 아프고, 못 살면 가슴이 아프다는 말을 들은 적이 있는데, 지금 내 마음이 딱 그렇다. 친부모님이 너무 잘 살지도 않았으면 좋겠고, 너무 못 살지도 않았으면 하는 것이 내 솔직한 마음이다.

모든 가족에게는 가족만의 비밀이 있다. 가정 폭력, 아동학대, 친족 성폭행, 이혼, 재혼, 자녀의 죽음, 질병 등 모든 가정에는 입 밖으로 내면 안 되는 그 가족만의 비밀이 있다. 우리 가족의 비밀은 나의 입양과 아동 학대였다. 나는 알고 있었다. 입양한 양어머니가 친어머니가 아니라는 것을. 나는 처음부터 알고 있었다. 하지만 그 사실을 확인하는 것이 두려웠다. 그래서 나는 내가 그 사실을 안다는 것을 숨겼다. 내가 어렸을 때 고아원에 살았었고, 입양됐다는 것은 우리 가족의 비밀'이었다. 입 밖으로 내어서는 안 되는 말이었다.

입양된 이후, 한 번 버려질 뻔했고 두 번 길을 잃었다. 수유리에 살았던 어느 날 나에게 예쁜 옷을 입힌 양어머니가 내 손을 잡고 전철역으로 갔다. 두리번두리번 주변 상가와 사람들을 구경하면서 양어머니 손에 붙들려 걸어가다 보니 어느 순간 양어머니가 안 보였다. 언제 손을 놓친 건지 모르겠지만, 양어머니가 안 보였다.

당황해서 앞뒤로 왔다 갔다 하며 양어머니를 찾았다. 한참 찾다 보니 기둥 뒤에 숨어 있던 양어머니가 한숨을 쉬며 나를 데리고 다시 집으로 갔다. 당시에는 '외출복으로 갈아입고 전철역까지 왔는데, 왜 전철을 안 타고 다시 집으로 가지?'라고만 생각했는데, 나중에 다시 생각해 보니 영화 〈마라톤〉의 조승우 엄마처럼 아이 손을 가만히 놓았던 것이다.

내가 최선을 다해 양어머니를 이해해 보자면, 양어머니

도 아이 키우기가 처음이라 나를 키우는 것이 힘들었나 보다. 아이를 낳아 보지 않아서 아이의 발달 단계에 따른 이해가 없었고, 부모 교육을 받을 만한 곳이 없어서 육아가 힘들었나 보다. 그래서 입양한 지 1년 6개월이 지나도록 입적을 망설였던 것 같다. 사람 붐비는 지하철역에 나를 두고 내가 전철이라도 타고 멀리 떠나기를 바랐던 것이다. 하지만 내가 떠나지 않고 계속 양어머니를 찾으니 어쩔 수 없이 나를 데리고 다시 집으로 간 것이다. 만약 그때 내가 전철을 타고 떠났다면 내 삶은 어떻게 되었을까? 아마 양아버지는 내가 수유역에서 버려질 뻔했다는 사실을 모를 것이다. 이 일은 양어머니와 나만 아는, 우리 가족의 두 번째 비밀이다.

길을 잃었던 두 번은 초등학교 1학년 때 처음 학교에 갔던 날과, 4학년 때 제주도 여행을 가서 한라산 등반을 했던 날이다. 두 번 다 직접 파출소에 가서 양부모님을 다시 만나 집으로 돌아갔는데, 그때 내가 파출소로 찾아가지 않았다면 내 삶은 어떻게 달라졌을까? 다시 고아원으로 돌아갔을까?

두 번이나 길을 잃은 후에 든 생각은, 어쩌면 내가 친부모와 헤어진 게 친부모의 잘못이 아닐 수도 있겠다는 것이었다. 어릴 때 내가 막무가내로 집을 나와서 다시 돌아가지 못

하고 길을 잃었던 것은 아닐까? 이렇게 생각하니 친부모에게 미안한 마음이 생긴다.

"가족에게 소속되지 못하고 거부당한 경험을 반복하는 사람은 자기 정체성과 자존감에 상처를 입는다. 제대로 채워지지 못한 욕구들의 상실을 슬퍼하는 것이야말로 치유의 시작"이라기에 나는 강제로 치유를 시작했다. 나는 내 정체성이 무엇인지 몰랐다. 과연 나에게도 자존감이라는 것이 있었을까?

그렇게 나는 친부모에게 버림받은 것도 모자라서, 양부모에게 또다시 거부당한 기억을 안고 너덜너덜한 정체성과 자존감을 움켜잡고 살아가고 있다.

가족에게 소속되지 못하고 거부당한 경험을 반복하는 사람은 자기 정체성과 자존감에 상처를 입는다.
그래서 아이였을 때 제대로 채워지지 못한 욕구들의 상실을 슬퍼하는 것이야말로 치유의 시작이다.

미국의 심리학자 존 브래드쇼는 "과거에 무시당하고 상처받은 내면 아이가 바로 사람들이 겪는 모든 불행의 가장 큰 원인이라고 믿는다. 그래서 아이였을 때 채워지지 못한 욕구들의 상실을 슬퍼하는 것이야말로 치유의 시작이다"라고 말했다. 긴 시간을 돌아서, 수많은 공부를 하고서야, 엄마를 알고 싶어서 시작한 이 공부의 끝이 바로 '나'라는 사실을 깨달았다. 나에게 큰 영향을 끼친 '네 명의 엄마'를 뺀 나는 누구인가?'를 생각해 보니, 결국 나는 나 자신이었다.

나는 김주영이다.
그리고 전안나이다.
이것이 바로 나의 정체성이다.

과거는 다시 오지 않고, 미래는 아직 오지 않았기에 나는 오늘을 살기로 했다. 내가 선택하고 책임지고 누리는, 지금 있는 그대로의 내 삶을 수용하기로 했다.

엄마가 넷인 나에게는 숙제가 네 가지 있다.
나를 버린 친엄마 이해하기.
나를 때린 양엄마 용서하기.
화병이 있는 시엄마 수용하기.
양아버지와 사실혼 관계인 새엄마 인정하기.

나는 '거리 두기'로 내 행복을 찾으려고 한다. 네 명의 엄마들과 물리적 거리, 심리적 거리를 두는 것이 지금 내가 할 수 있는 최선이라 생각한다. 엄마가 넷인 나는 이렇게 숙제를 하기로 했다.

친엄마는 안 찾기로.
양엄마는 용돈만 보내기로.
시엄마는 적당한 거리를 두기로.
새엄마에게는 감사한 마음을 갖고 살기로.

하루에도 열두 번 변하는 내 마음이지만 일단, 오늘은 이렇게 마음을 딱 정했다. 아무래도 《가족의 두 얼굴》은 그런 나를 부여잡아야 할 때마다 다시 읽어야 하는 책이 될 것 같다. 손이 닿는 가까운 곳에 두고 곱씹으며 읽어야겠다.

7

내가 기억하는 사람들

《반 고흐, 영혼의 편지》
빈센트 반 고흐, 위즈덤하우스, 2017

네덜란드에 있는 빈센트 반 고흐 미술관에 가봤다. 고흐가 그린 그림을 실물로 보고 떠올린 첫 단어는 바로 '치열함'이었다. 고흐는 "삶을 소중히 여기면서 그 싸움에서 이겨 최상의 것을 얻어 내기 위해 노력할 거다"라고 말했는데, 그래서인지 그의 그림에서는 '치열함'이 가장 먼저 느껴졌다. 어쩌면 나도 혼자서 치열하게 삶을 살아 냈다고 생각했기에 고흐의 그림을 보고 큰 감명을 받은 것인지 모르겠다.

고흐가 동생 테오에게 쓴 편지를 모은 책 《반 고흐, 영혼의 편지》에서 고흐는 '사랑'의 세 가지 단계를 말한다. "첫 번째는 누구를 사랑하지도 못하고 사랑받지도 못하는 상태이고, 두 번째는 사랑하고 있지만 사랑받지 못하는 상태, 세 번째는 사랑하고 있으며 사랑받는 상태"이다. 나는 첫 번째와 세 번째 사랑에는 동의한다. 하지만 두 번째 단계 "사랑하고 있지만 사랑받지 못하는 상태"에는 '사랑을 받기만 하고 주지 못하는 상태'까지 포함해야 한다고 본다.

1. 누구를 사랑하지도 사랑받지도 못하는 상태.
2. 사랑하고 있지만 사랑받지 못하는 상태.
3. 사랑하고 있으며 사랑받는 상태.

나는 상처받으며 자란 어린 시절 때문에 "누구를 사랑하지도 못하고 사랑받지도 못하는" 첫 번째 단계에 오래 머물러 있었다. 하지만 나를 도와준 많은 사람들 덕분에 두 번째 단계로 나아갈 수 있었다. "사랑하고 있지만 사랑받지 못하는 상태" 그리고 '사랑을 받기만 하고 주지 못하는 상태'를 왔다 갔다 하며 사랑을 충분히 채우고 나자, 세 번째 단계인 "사랑하고 있으며 사랑받는 상태"까지 발전하게 됐다.

생각해 보니 나는 인복이 많았다. 남들 다 있는 엄마 복은 없었지만, 다른 인복이 참 많았다. 고흐에게 평생의 동반자였던 동생 테오가 있었듯이, 나에게도 참 많은 사람들이 있었다.

집 안에서의 나와 집 밖에서 나는 이중인격에 가까울 정도로 달랐다. 밖에서는 늘 웃고 명랑하며 성격 좋은 척, 사랑받는 외동딸인 척, 자존감 높은 척, 자신감 있는 척하며 살았다. 그렇게 '척'을 하며 살았기에 나는 평범한 사람처럼 보일 수 있었다.

그러나 막상 나에게 관심을 가지는 사람들이 생기면 처음에는 '나를 왜 좋아하지?' 하고 어리둥절해하다가, 곧이어 두려운 마음이 들었다. '내 진짜 모습을 알게 되면 나를 싫어하지 않을까? 내가 고아이고, 양어머니에게 계속 맞으면서 찌질하게 살고 있고, 내가 마음속으로 양어머니를 몇 번이고 죽이고 싶어 했다는 것을 알게 되면 나를 어떻게 생각할까? 내가 이렇게 자존감이 낮은 걸 알면 나를 싫어하게 되지 않을까?' 하는 두려움이었다.

밖에서는 내 정체를 들킬까 봐 두려워했고, 집에서는 양어머니를 두려워했다. 집에 들어가기 전엔 늘 심호흡을 크게 했다. 양어머니의 기분이 나쁘지 않기를, 눈에 안 띄고 내 방에 들어가 무사히 잠자리에 들 수 있기를 기도하며 들어갔다. 집 안에서는 숨도 크게 쉴 수 없었다. 집 밖을 나와야지만 비로소 크게 숨을 쉴 수 있었다.

집에 있는 동안 에너지가 바닥이 나서, 밖에서 딱 하루치 에너지만 충전하고 겨우 살아가는 삶이라서, 나에게는 다른 사람들에게까지 나눠 줄 것이 없었다. 그래서 나는 내가 좋아하는 사람보다, 나를 좋아해 주는 사람을 만났다. 그러다 보니 그들이 나에게 넘치는 애정을 퍼부어 줘도, 나는 그들에게 나눠 줄 애정이 없어서 애정 표현을 제대로 해준 적이 없다. '사랑을 받기만 하고 주지 못하는 단계'였다.

나중에 돌아보니 나와 만났던 남자 친구들은 다 신학생이었다. 하느님 보우하사! 내가 막 나가는 삶을 살지 말라고, 정신 줄 꼭 붙잡고 살라고 신앙이 좋은 남자 친구들을 나에게 붙여 주셨나 보다. 그런데 신학과 출신 남자 친구만 사귀던 내가 교회는 안 다니지만 인품 좋고 보살 같은 남편과 결혼한 걸 보니, 진짜 인연은 따로 있나 보다.

하나님 센스 보소. 하느님 만세!

스물세 살, 첫 직장에서 좋은 선배 언니들을 많이 만났다.

선배 언니들은 일과가 끝난 후에 남아서 나를 공부시켰다. 업무에 필요한 공부뿐 아니라 해결되지 않는 삶에 대한 인생 상담을 해주었다. 사회 초년생으로서 이 길이 내 길이 맞는지, 내가 하고 싶은 일과 잘하는 일 사이에서 무엇이 맞는지 고민할 때 언니들은 함께해 주었다. 자신들의 시간과 돈을 나에게 썼다. 그때는 직장 선배면 다 그런 줄 알았는데, 이제 보니 그것은 당연한 것이 아니었다.

물론 성격이 괴팍한 선배들도 있었지만, 돌아보니 그 선배들에게도 배운 점이 많았다. 지금은 연락조차 되지 않지만, 항상 빚진 마음으로 살고 있다. 나도 회사 후배들에게 그렇게 좋은 사람이 되어야 할 텐데 아직도 나는 사랑을 나눠주기보다 받는 것에 더 익숙하다. 언제쯤 나도 성숙한 인생 선배가 될 수 있을까. 마흔을 훌쩍 넘기면 가능할까?

내게는 마음의 멘토가 두 명 있다. 나는 첫 직장을 19년째 다니고 있는데, 그중 16년을 함께했던 여자 사장님은 내가 태어나서 처음으로 신뢰해 본 '어른'이다. 결혼식을 할 때 어머니 쪽에 그분을 앉히고 싶을 정도로, 내게 정신적인 어머니 역할을 해주셨다. 그녀는 여자가 여자에게 줄 수 있는 지혜를 전수해 주셨다. '여자 사람'으로, '직장 선배'로 삶의 지혜를 알려 주신 사장님은 내가 처음으로 신뢰한 '어른' 이다.

"세상에서 돈으로 해결할 수 있는 게 가장 쉬운 일이다. 돈으로 해결되지 않는 게 진짜 어려운 일이지"라는 말, 처음 에는 부유한 사장님이나 할 수 있는 말이라 생각했는데 그 말 안에 삶의 지혜가 담겨 있었다.

"스마트하다." 사장님은 다른 사람에게 나를 소개하면서 이렇게 말했다. 내가 들어본 것 중 가장 짧고 감동적인 소개 였다.

"나 정년 퇴임하기 전까지는, 너 퇴사 못 한다." 내가 극심 한 번아웃에 빠졌을 때 나를 붙잡아 준 사장님의 말이다.

이런 사장님 덕분에 나보다 나이 많은 사람을 신뢰해도 된다는 것을 알게 되었다. 나는 양어머니에 대한 반감 때문 에 사회 복지사임에도 노인들을 싫어했다. 특히 양어머니를 연상시키는 키 작고 파마머리에 안경 쓴 할머니나, 신경질적 이고 감정적으로 말하고 행동하는 사람을 보면 성별과 나이 를 막론하고 온몸에 소름이 돋았다. 그런데 사장님 덕분에 모든 노인이 그런 것이 아니며, 이성적이고 합리적이며 존중 받을 만한 어른도 있음을 알게 되었다.

또 다른 멘토는 사회 복지학과 남자 교수님이다. 친부모님이 있었지만 어릴 적 고아원에서 살았고, 그 상실감을 노력으로 채우려는 교수님을 보며 마치 거울을 보는 듯한 동질감을 느꼈다. 은사님은 "I am hungry"라는 스티브 잡스의 말을 자주 인용하셨다. 그 말이 나에게도 참 매력적이었다. 내성적인 성격 탓에 교수님을 멀찍이 보기만 했을 뿐, 개별적으로 연락을 드린 적은 없었다. 하지만 교수님은 내게 큰 힘이 되어 준 분이고, 닮고 싶고, 멘토로 삼고 싶은 분이어서 첫 책을 계약한 후에 용기를 내서 찾아갔다.

"교수님, 저 기억하실지 모르겠지만…"이라고 운을 떼며 책의 추천사를 부탁드리러 갔을 때, 교수님은 아낌없이 칭찬해 주셨다.

"대단하다, 전안나. 언제 이렇게 했어?"

지금도 힘들 때마다 교수님의 문자를 꺼내서 읽는다.

"잘했다. 세상은 꿈꾸고 노력하는 사람 것이지."

고흐가 말한 "삶은 좋은 것이고 소중히 여겨야 할 값진 것이라는 느낌"이 무엇인지 안다. 하지만 고흐처럼 "삶을 소중히 여기면서 그 싸움에서 이겨 최상의 것을 얻어 내기 위해 노력"할 자신은 없다. 이제 더는 치열하게 싸우고 반드시 이 거야겠다고 생각하지 않는다. 태어났을 때부터 오로지 혼자서 치열하게 산 줄 알았는데, 돌아보니 수많은 사람이 나를 길러 주었다. 그들로부터 사랑받으며 지금까지 잘 살 수 있었음에 감사하다.

삶은 좋은 것이고
소중히 여겨야 할 값진 것이라는 느낌 말이다.

어쩌면 고흐에게 동생 테오 외에 더 많은 인복이 있었다면, 그렇게 일찍 죽지 않고 나처럼 마흔을 맞이하지 않았을까 생각해 본다. 삶은 소중히 여겨야 할 값진 것이고, 세상은 한번 살아 볼 만하다. 나에게 이런 삶이 늦게나마 허락됨에 감사하다.

독일의 철학자 쇼펜하우어의 말처럼, 나는 "좌절을 경험했기에 나 자신만의 역사를 가질 수 있게" 되었다. 강을 거슬러 헤엄치는 사람만이 물결의 세기를 알 수 있다. 고흐의 그림이, 그의 생애가, 그가 쓴 편지가 내 마음을 이토록 울리는 이유도 위와 같지 않을까 추측해 본다. 치열했던, 그렇지만 열정과 애정이 넘쳤던 고흐의 삶이 녹아든 편지를 읽으며 내게 소중했던 사람들을 한 명 한 명 떠올려 본다.

2부

Remember

Feeling

Thinking

Action

8

그냥 사는 거다

《나도 아직 나를 모른다》

허지원, 홍익출판사, 2018

자존감에 관한 책을 읽어 본다.

나는 왜 이리 자존감이 낮은가 고민하다 보니《나도 아직 나를 모른다》라는 책의 한 구절이 눈에 들어온다. "높은 자존감이란 '착한 지도 교수'나 '부모의 손이 필요 없는 아이'처럼 세상에 존재하지 않는 신화 속 동물인 유니콘 같은 것이라고 말합니다. 허상입니다."

아, 속이 시원하다. 내 주변에도 자존감이 높다는 사람은 백 명 중 한 명이 될까 말까 하고, 나머지는 다 자존감이 낮다고 말한다.

높은 자존감이란 '착한 지도 교수'나

'부모의 손이 필요 없는 아이'처럼

세상에 존재하지 않는

신화 속 동물인 유니콘 같은 것이라고 말합니다. 허상입니다.

　　나 역시 그렇다. 나는 언제부터 이렇게 낮은 자존감을 가지게 되었는가? 나는 그냥 처음부터 그랬던 것 같다. '자존감' 같은 고상한 단어를 떠나서 나는 그냥 쭉 우울했고, 슬펐고, 울었고, 불행했다. 죽음을 노래하는 우울한 음악을 들었고, 마음에 와닿았던 시도 죽음을 말하는 우울한 시였다. 우울은 내 공기와 같은 거였다.

　　오랜만에 수락산 등산을 가보니 '천상병 시인 길'이 조성되어 있었다. 길가 표지판을 찬찬히 읽어 가다, 삶을 소풍에 비유한 시 한 구절 앞에서 발걸음을 멈춘다. 학창 시절 가장 좋아했던 시 〈귀천〉이라 반가운 마음이 들며, 중학교 시절로 생각이 소로로 빠져든다. 사춘기 시절 내 유일한 관심사는 죽음이었고, 마침 "나 하늘로 돌아가리라"라는 시인의 말은 죽음을 연상시켰다.

　　중학교 시절 밤마다 라디오를 들었다. 라디오에서 나오

는 노래를 카세트테이프에 녹음해서 등하교 시간마다 들었다. 라디오 DJ의 멘트가 끝나는 타이밍에 맞춰서 녹음 시작 버튼을 누르고, 노래의 마지막 음이 희미해져 갈 때 '딱' 정지 버튼을 누르기 위해 손가락 하나를 버튼 위에 얹은 채로 숨도 안 쉬고 기다렸다.

"우울한 일요일에 시간은 쉴 새 없이 흐르고 함께한 그림자들이 수없이 떠도네 … 아무도 눈물 흘리지 말기를 난 기쁘게 갔다는 것을 알아주기를 …" 곡 〈Gloomy Sunday〉의 가사는 우울하다. 마치 내 중학교 시절처럼….

중학교 2학년 겨울 방학, 나는 자살을 시도했다.

양어머니에게 매일 맞았던 내게 학교는 도피처였다. 새벽 6시에 일어나서 버스를 세 번 타고 학교에 갔다. 왕복 4시간이 걸리는 등하교에 체력이 부쳤다. 중학교에 가니 다른 친구들은 선행 학습을 하고 왔는데 나는 알파벳도 모르고 입학을 했다. 중학교 1학년에 치른 첫 영어 시험에서 36점을 맞았다. 불도그처럼 생긴 나이 많은 영어 선생님이 나를 불러 일으켜서 "네가 꼴찌야"라고 면박을 줬다. 초등학교 때까지는 반에서 1~2등을 했었기에 자존심이 너무 상하고 공부가 하기 싫어졌다. 항상 마음이 불안하고 초조하니 꼭 ADHD처럼 수업 시간에 안절부절못해서 선생님께 계속 지적을 받았다. 결국 주의가 산만하다고 상담을 받아야 했다.

중학교 2학년 때는 친구로부터 왕따를 당했다. 세 명의 친한 친구가 있었는데, A라는 친구가 B에 대해서 험담하길래 "어, 그래"라고 대답하고 넘어갔을 뿐인데 오히려 내가 B를 험담한 것으로 상황이 바뀌어 있었다. 너무 억울했지만 아무도 내 말을 안 믿어 주었고, 그렇게 중학교 2학년은 내게 악몽이 되었다. 집에서 피해 내가 안전하게 숨 쉴 수 있는 유일한 도피처가 학교였는데, 가장 믿었던 친구에게 왕따를 당하니 살아야 할 이유가 없었다. 게다가 밤마다 들었던 우울한 노래들은 나를 더 우울하게 만들었다.

나는 지옥에서 살았다. 죽는 것보다 사는 게 더 슬퍼서, 나는 죽기로 결심했다. 매일 죽으라는 양어머니의 저주를 들으며 사는 이곳이 지옥이었다. 양어머니만 없으면, 그곳이 바로 천국일 거라고 생각했다. 내가 생각할 수 있는 가장 쉬운 죽음은 칼로 손목을 긋는 것이었다. 문구점에 가서 두꺼운 공업용 커터 칼을 사왔는데 막상 그으려니 어느 정도 힘을 줘야 하는지 몰랐다. 오른손으로 칼을 잡고 왼쪽 손목을 그었는데 가느다란 핏줄기와 함께 갑자기 칼자국 근처가 부풀어 오르면서 간지럽기 시작했다. 새 칼에 묻은 공업용 기름에 피부가 염증을 일으킨 것이다. 그전까지는 없었던, 혹은 몰랐던 염증이 갑자기 생겼다. 그때부터 지금까지 컨디션이 좋지 않은 날에 피부가 책상 모서리나 버스 손잡이에 닿게 되면, 닿은 모양 그대로 빨갛게 염증이 일어나는 '접촉성 피부염'이 돋아난다.

가느다란 핏줄기와 함께 칼자국 근처가 부풀어 오르면서 간지러웠던 그 순간, '죽으려는 정신'과 '살려는 육체'의 상반된 모순에 대해 생각하게 되었다. 내 정신은 죽으려고 하는데, 그러려면 내 육체를 죽여야 하고, 그런데 육체는 죽지 않으려고 피를 내보내고, 혈소판이 활동하면서 지혈을 하고, 딱지가 앉고, 결국 새살이 돋아나는 과정이 참 이율배반적이라는 생각이 들었다. '지금 여기 있는 나는 정신인가 육체인가?'라는 생각을 하다 보니 '내 한 몸 안에서도 정신과 육체가 이렇게 따로 노는구나'라는 것을 깨닫게 되었다.

여성학자 정희진은 "내 몸은 나의 것이 아니다. 내 몸이 나다. 우리의 정신이 몸을 소유하고 있는 것이 아니라 몸이 바로 나인 것이다. 정신은 몸에 속한 것이다"라고 말했는데,

자살을 시도했던 날 이 사실을 어렴풋이 알게 되었다.

지금이 내 생애 가장 행복한 시기이지만, 행복하면서도 때때로 우울해진다. 원인 모를 태생적 우울함이 자석처럼 나를 우울의 중심으로 항상 끌어당기는 기분이다. 어린 시절 공기처럼 내 주변에 머무르던 우울함이 한 번씩 나를 찾아와 감싼다. '접촉성 피부염'을 볼 때마다 자살을 시도했던 중학교 2학년 여자 아이가 되는 기분이다. 무엇보다 나를 가장 우울하게 하는 것은 '자기 연민'이다. 내가 가지지 못한 것에 대한 결핍에서 오는 감정은 나를 그냥 행복하게 두지 않는다.

허지원 작가가 말했듯 "어떤 날은 스스로가 괜찮아 보이고 어떤 날은 기분이 바닥 끝까지 가라앉는 경험"을 매일 같이 반복하며 그냥 살아갈 뿐이다. '인생의 의미를 찾으려고 하지 마라. 그냥 사는 거다'라는 말이 가슴에 다가오지만, 잠시 머물렀다가 휙 하고 사라지면 다시 우울해진다.

혼자일 때도 외롭지만, 가장 외로울 때는 사람들 속에 있을 때이다. 아니, 내가 가장 외로울 때는 남편과 아이들이 곤하게 자는 깊은 밤, 나 혼자 깨어 있을 때이다. 세상 모두가 잠들어 있고, 나와 가장 가까운 이들도 잠들어 있는 그 시간,

세상에 나만 혼자인 것 같은…. 그런 날이면 다시 중학교 시절 그날로 돌아간 기분이다.

허지원 작가는 "불안정 애착인 채로 자라난 성인이라도 새로운 안정 애착 관계가 만들어지면 5년 이내에 '획득된 안정 애착'으로 변화한다"라고 말한다. 결혼한 지 14년 차, 남편과 아이들로부터 조금씩 안정 애착을 경험하고 있다. 조금씩 '그냥' 살아가는 방법을 배우는 중이다.

불안정 애착인 채로 자라난 성인이라도
새로운 안정 애착 관계가 만들어지면 5년 이내에
'획득된 안정 애착'으로 변화한다.

정혜신 작가는 "현재의 감정을 공감받지 못하면, 과거의 상처를 꺼낼 수 없다"라는데, 내가 이렇게 내 이야기를 꺼내는 걸 보니, 남편과 아이들에게 현재의 감정을 공감받고 살고 있나 보다. 그리고 이렇게 솔직하게 내 이야기를 할 수 있어서, 내 말을 들어 주는 당신이 있어서 감사하다.

9

그럴 수도 있지

《당신이 옳다》
정혜신, 해냄, 2018

책 제목이 다한 책이 있다.

《당신이 옳다》는 그런 책이다. 내용도 물론 좋지만, 책 제목과 눈이 마주친 순간 나는 아무 말도 할 수 없었다. 어쩌면 내가 평생 찾아다닌 말이 '당신이 옳다'라는 말이 아니었을까 싶을 정도로 한 글자 한 글자 눈을 뗄 수가 없었다. 나에게 너무 필요했던 말이 바로 '당신이 옳다'였다.

당신이 옳다.

나는 왜 '당신이 옳다'라는 말이 필요했을까?

내 마음속에는 너무 많은 전안나가 살고 있다. 내 안에 내가 있고, 내가 있고, 또 내가 있다. 겹겹이 쌓인 러시아 인형 마트료시카처럼 말이다. 김영하 작가는 내 안에 내가 있고 내 안에 내가 있는 것이 아니라, 타인의 욕망이 겹겹이 쌓인 것이 '나'라고 말한다. 맞다. 나에게는 양어머니의 욕망이 겹겹이 쌓여 있다. 양어머니의 욕망이 만든 마트료시카를 다 벗겨 내면, 가장 안쪽에 있는, 제일 작은 전안나는 누구일까? 진짜 나를 찾고 싶다.

내 속에는 비평가 엄마가 살고 있다.

양어머니로부터 탈출한 지 10년이 훌쩍 넘었지만 여전히 양어머니는 내 마음속에서 비평가의 임무를 성실히 수행하고 있다. 그녀는 항상 눈을 부라리고 지켜본다. 조금이라도 잘못하거나 기대한 바와 달라지면 비판하고, 의욕을 깎아내리고, 몰아붙이고, 인정사정 봐주지 않는다. 여차하면 가차 없는 자아비판의 폭풍이 지나간다.

겉으로 보이는 나는 건실한 인간이다. 외동딸로 자라나 말썽 한번 피우지 않고 사춘기를 보내고, 대학에 가고, 졸업

후 취업을 하고, 사회생활을 하고, 결혼을 하고, 아이를 낳고 사는… 사회에서 말하는 생애 발달 주기에 충실한 삶을 살아냈다. 하지만 내면의 나는 건실한 사회인이 되지 못한 것 같다. 항상 울고, 우울하고, 사람을 믿지 못하고, 무언가 잘못된 것 같다는 불안에 시달리고 있다.

약한 내면을 숨기기 위해 오히려 강한 척하고, 상처받지 않기 위해 먼저 상처를 주었다. 최선의 방어는 공격이니까. 그러다 보니 자기혐오와 수치심이 나와 함께했다. 제정신으로 살기 힘든 나날들이었다. 정신줄을 놓을까 봐 온몸에 힘을 주고 살았더니 영혼까지 경직됐는지 몸살이 날 것 같다고 느낄 때도 많았다. 도대체 내 몸은 왜 이렇게 무거운 걸까 살펴보니, 가슴을 꽉 막고 있는 커다란 바위 하나를 짊어지고 사는 내가 보였다.

그 바위는 바로 '내가 아직 나 스스로를 용서하지 못했다'는 것이었다. 양어머니는 늘 화내고 협박하고 때리면서도, 본인은 나이도 많고 아픈 곳도 많은 환자이니 자신을 보호하고 부양할 것을 명령했다. 가해자가 피해자인 척 코스프레를 하니, 나는 순진하게도 피해자이면서도 가해자의 보호자가 되어야 했다. 나는 그런 나를 혐오하며 살았다. 양어머니를 생각할 때마다 나를 때리고 눈을 부라리던 얼굴이 생각나서 미운 마음이 드는 동시에 '나를 키워준 분인데 이러면 안 되지' 하는 마음 때문에 죄책감이 든다. 양아버지를 생각할 때는 양어머니로부터 나를 보호해 주지 못한 무능함에 화가 나면서도 안쓰러운 마음이 든다.

누군지 특정할 수 없는 친어머니와 친아버지에 대해서는 실체 없는 화가 난다. 하루는 그럴 만한 사정이 있었겠지 싶다가도, 다른 하루는 어떻게 그럴 수가 있지 하는 생각에 화가 난다. 화병으로 며느리들을 괴롭혔던 시어머니에게는 무관심과 최소한의 예의 사이에서 어찌할 바를 몰랐다.

무엇보다 화가 나는 건 그런 사람들에게 아무것도 할 수 없는 나약한 나 자신이었다. 내가 할 수 있는 것은 회피하기, 모른 척하기, 만나지 않기, 전화 안 받기 등 소극적인 방법들뿐. "누군가에게 공감자가 되려는 사람은 동시에 자신의 상처도 공감받을 수 있어야 한다. 공감하는 일의 전제는 공감받는 일이다"라는데, 나는 공감받아 보지 않았기에 아직도 그분들을 이해하지 못하는 걸까? 나는 공감이 너무 어렵다.

누군가에게 공감자가 되려는 사람은

동시에 자신의 상처도 공감받을 수 있어야 한다.

공감하는 일의 전제는 공감받는 일이다.

《당신이 옳다》에서 정혜신 작가는 상처에 관한 두 가지 견해를 말한다.

"억누르려고 해도 두더지처럼 튀어 오르거나 시간이 갈수록 더 또렷해지는 고통도 많다. 그런 경우는 상처를 꺼내고 해결해야 삶을 제대로 살 수 있다"라는 견해와 "상처를 다 드러내고 살 수가 있을까. 그럴 수도 없고 그럴 필요까진 없다"라는 견해인데, 나는 억누르려고 해도 두더지처럼 튀어 오르고 시간이 갈수록 더 또렷해지는 고통을 찾아서, 상처를 꺼내어 해결하려고 한다.

"우리가 살면서 겪는 모든 감정들은 삶의 나침반"이라는데 내 나침반은 항상 우울과 죽음, 외로움에 자동으로 맞춰진다. 어쩌면 다른 사람에게 공감하지 못하는 내가 역설적이게도 그 누구보다 '자기애'가 강한 것은 아닐까 생각해 본다. 다른 사람보다 내가 너무 소중하고, 불쌍하고, 나에게만 관심이 가서 다른 사람들을 공감하고, 이해하고, 그들의 입장이 되어 보지 못하는 나. 그러면서도 스스로를 혹독하게 비평하는 나….

얼마 전 어떤 오디션 프로그램에 베테랑 뮤지션이 나와서 노래를 하는데, 원래 실력보다 실수도 많이 하고 가사도 틀리는 장면을 보았다. 그 모습을 보니 내 마음속 비평가가 어김없이 작동하기 시작했다. '아, 실수 많이 해서 아쉽겠다. 오늘 저 가수 잠 못 자겠다'라고 생각했다.

곧 장면이 바뀌더니 무대를 끝내고 내려가는 베테랑 뮤지선의 모습이 나왔다. 그는 "나 가사 틀린 것 같아"라고 걱정하더니 곧바로 "그럴 수도 있지"라고 말한다. 또 "내 실력의 60%밖에 못한 것 같아"라고 걱정하더니 곧바로 "그럴 수도 있지"라고 말한다. 이 장면이 나에게는 굉장히 신선했다. 혐오와 수치심을 느끼는 것이 아닌, "그럴 수도 있지" 하고 받아들이는 모습 말이다.

영원히 변하지 않는 것은 모든 것은 변한다는 사실뿐이다. 나를 힘들게 했던 양어머니도 이제 보니 나보다 키도 작고 왜소한, 여든 살이 넘은 노인네이다. 힘들게 오르락내리락했던 장위동 달동네는 이제 재개발을 해서 평지가 되었다. 길고도 길었던 등하굣길은 골목길에서 이차선 도로가 되었다. 낯선 집에서, 낯선 여자에게 맞던 작은 아이는 이제 어른이 되었다.

나도 이제 변하려고 한다. 혹독한 자아비판의 옷을 버리고, 자기 합리화의 옷으로 갈아입으려고 한다. 아직 진짜 나를 찾지는 못했지만, 나에게 가장 필요했던 말은 찾았다.

"그럴 수도 있지."

나는 오늘 나를 용서한다.

"당신이 옳다."

10

노련한 삶

《실격당한 자들을 위한 변론》

김원영, 사계절, 2018

＊

《실격당한 자들을 위한 변론》은 1급 지체 장애인이자 변호사, 연극인으로 사는 김원영 작가가 쓴 책으로, 장애인 당사자의 눈으로 보는 장애와 차별에 관한 다양한 이야기가 담겨 있다. 그중에서도 어떤 소송에 관한 이야기가 흥미로웠는데, 장애 아이를 둔 부모가 산부인과 의사를 대상으로 낸 '잘못된 삶 소송'이었다. 장애가 심한 아이가 태어나 손해를 보았으니 그에 대해 배상하라는 민사 소송의 하나라고하는데, 나도 내 친부모를 대상으로 '잘못된 삶 소송'을 하고 싶었다. 내 의사를 물어보지도 않고 환영받지 못하는 존재로 태어나게 하고, 책임지지도 못할 거면서 군이 낳아서 이렇게 아프고 슬픈 삶을 살게 한 것을 따지고 싶었다. 왜 태어나서 죄송하게 만들었는지, 나를 태어나게 한 손해를 물리고 싶었다.

아프리카 속담 중에 '잔잔한 바다는 노련한 사공을 만들지 않는다'라는 말이 있는데 나는 출생부터 실패했기에, 그 누구보다 노련한 사공이 되었다. 외모, 학벌, 집안 배경 등 스펙과 관련된 모든 항목은 나에게 열등감을 주는 요소들이다.

중학교 2학년 때 같은 반 가장 친한 친구가 나를 모함해서 6개월 넘게 혼자 밥을 먹었다. 나중에 결국 다른 친구에게 팽 당하고 다시 돌아온 그 친구를 나는 거절할 수 없었다. 내 유일한 친구였기 때문에. 그렇게 중학교와 고등학교를 졸업하고 간신히 서울에 있는 4년제 대학의 비인기 학과를 진학했다. 스펙도 없이 졸업한 뒤엔 최저 임금에 가까운 월급을 주는 회사에 취업했다. 대학은 나왔지만, 학교 이름을 말해도 사람들은 모른다. 이름 없는 대학을 나온 학벌을 세탁하고 싶어서 대학원에 진학했고, 논문을 쓸 자신이 없어서 시험을 치고 졸업했다. 막상 논문 없이 석사 졸업을 하고 나니, 또 열등감이 밀려왔다. 책을 쓰게 된 것도 논문을 안 쓰고 석사 졸업했다는 열등감 때문이다.

키도 보통이고, 얼굴도 사각 턱이라 외모 콤플렉스가 많아서 사진 찍기를 피해 다녔다. 사각 턱 열등감을 극복해 보려고 보톡스도 맞아 보고, 쇼핑도 많이 했지만 큰 만족감은 없었다. 아무리 노력해도 미스 코리아가 되지는 않으니까….

개인 삶에서의 불만을 업무 성과로 풀어내려고도 해봤지만, 고객 민원이 들어오고, 답변서를 내고, 업무상 실수를 할 때마다 내 존재가 부정당하는 느낌이 끔찍했다. 내가 무심코 한 말 때문에 상처받는 사람들이 생기고, 그러면서도 상처받은 그들의 차가운 말에 나도 다시 상처를 받았다.

결혼 후엔 시어머니와 유치하기 짝이 없는 기 싸움을 했고, 학부모 엄마들 모임에 참여해서 쓸데없는 이야기로 시간을 쓰는 게 아까워 자발적 왕따가 되길 선택했다.

생각 많고,

복잡하고,

이기적이고,

계산적인 나.

그냥 그게 나, 지금 이 모습 그대로가 '전안나'라는 걸 뒤늦게 깨달았다. 나의 이런 열등감을 다 끌어안고도 품격 있고 우아하게, 그리고 '노련'하게 살 수 있을까?

김원영 작가는 "누군가에게 화를 내고 싶겠지만, 우리는 우리의 삶이 잘못되었다고 주장할 수 없다. 이 잘못된 상태가 아니라면 우리는 애초에 존재하지 않았을 것이다"라고 말한다. 이처럼 나도 누군가에게 화를 내고 싶지만, 이 잘못된 상태가 아니라면 태어나지 못했을 거라는 말에 화낼 대상을 찾지 못해서 마음속으로 끙끙 앓으며 살아왔다.

누군가에게 화를 내고 싶겠지만,
우리는 우리의 삶이 잘못되었다고 주장할 수 없다.
이 잘못된 상태가 아니라면
우리는 애초에 존재하지 않았을 것이다.

1급 장애가 있는 김원영 작가는 자신의 삶에 대해 이렇게 말한다. "나는 나의 몸과 정신의 상태를 극복할 수 없으니 몸과 정신에 따른 결과를 책임질 필요가 없고 책임질 수도 없다. 그럼에도 나는 내 몸이 자유롭고 존엄하고 가치 있어야 한다는 책임을 지기로 결단한다"라고 말하면서, "있는 그대로 수용하는 것이 바로 어른이 된다는 것이고, 자유로워지는 것"이라고 말한다. 김원영 작가의 말을 들으니, 나는 아직 어른이 덜돼서 수용이 잘 안 되는 것인가 하는 생각이 든다. 나의 출생, 외모, 학벌, 집안 배경까지, 이 모든 것이 극복하고 없애야 할 것이 아닌 그냥 내 삶이었음을 나는 언제쯤 진심으로 수용하게 될까?

우리는 존엄하고 아름다우며
사랑하고 사랑받을 가치가 있는 존재인 것이다.
누구도 우리를 실격시키지 못한다.

"우리는 존엄하고 아름다우며 사랑하고 사랑받을 가치가 있는 존재인 것이다. 누구도 우리를 실격시키지 못한다"라는 말 또한 아직은 내게 와닿지 않는다. 내가 어디가 존엄하고 아름답고 사랑하고 사랑받을 가치가 있다는 것인가? 친부모도, 양부모도, 나도… 나를 실격시켰다. 나는 사랑받기보다 존중받고 싶었다. 태어나서 죄송한 존재였던 나는 그저 한 인간으로서, 한 사람으로서 태어난 것만으로 환대받고 싶었다.

김원영 작가는 선천적 1급 신체장애를 가졌지만, 나는 후천적 1급 마음 장애를 가지고 있나 보다. 남에게 보이지도 않고 숨겨진, 아무도 장애인 줄 모르는 마음의 장애…. 그래서 더 그럴듯하게 숨길 수 있었던 장애 말이다. 언제쯤 나는 삶에 노련해질 수 있을까?

프로이트는 정상인의 상태를 약간의 히스테리, 약간의 편집증, 약간의 강박으로 정의했다. 프로이트의 시각으로 보면 이런 나도 정상일까?

11

하염없이 작아지는 밤

《보통의 언어들》
김이나, 위즈덤하우스, 2020

'하염없이 작아지는 밤'이 있다. 머릿속에서 내가 했던 말, 행동, 감정, 생각이 되감기로 한없이 반복 재생되며 스스로를 괴롭히고 자학하는 밤이 있다. 그런 날은 잠도 오지 않는다. 옆에 있는 남편과 아이들도 내 머릿속에 들어올 자리가 없다. "유난스러운 자들이여, 온 힘을 다해 스스로의 특별함을 지키자"라는 김이나 작가의 말로 나의 이런 괴팍함과 자학을 특별함이라고 애써 포장해 본다.

유난스러운 자들이여,

온 힘을 다해 스스로의 특별함을 지키자.

　나는 화가 날 때 표현하지 않는다. 속으로는 부글부글 끓지만, 겉으로는 표현하지 않는다. 가끔 화가 겉으로 드러나면, 스스로가 너무 혼란스러워 얼굴이 화끈거린다. 내 분노가 폭포처럼 주변을 휩쓸게 될 것 같아 두렵다. '나는 화를 내지 않는 사람이야'라고 스스로 정의하고 거기에 맞추려고 노력한다.

　2009년 5월 5일, 내가 태어나서 가장 분노한 날이다. 양어머니와 완전히 인연을 끊게 된 날이라 아직도 기억이 생생하다. 나는 입양된 이후로 단 하루라도 집안일을 하지 않고 밥을 먹거나 잠을 자본 적이 없다. 매일의 품삯을 가사 노동으로 메꿨다. 게다가 양부모님은 대학 학비 한 번 내준 적이 없다. 나는 용돈도 받지 않았다. 주중 낮에는 학교에서 근로 장학을 했고, 총학생회 활동으로 봉사 장학금을 받았다. 매일 저녁 초등학생과 중학생 과외를 했고, 주말에는 마트에서 아르바이트를 했다. 그렇게 학비를 벌어서 등록금을 내고 용돈을 했다. 그렇게 아르바이트를 해서 양아버지 임플란트를 해

드리고, 양어머니에게 매달 생활비를 줬다. 과외로 월 100만 원이 넘는 돈을 벌었지만, 그 돈을 내 손으로 받아 본 적이 없다. 매번 양어머니가 중간에서 가로챘다. 직장에 취업하자, 이번에는 급여 통장을 양어머니 명의 통장으로 바꾸라고 윽박질렀다. 회사 규정상 안 된다고 하자, 급여 명세서를 가지고 오라고 했다. 그럼에도 나는 급여 명세서를 내놓지 않았다. 아예 급여 통장 자체를 보여 주지 않았다. 그건 나의 투쟁이었다.

그렇게 1년을 버티자 그녀는 종이를 포기한 대신 돈을 요구했다. 급여 명세서와 급여 통장 대신 꼬박꼬박 통장에 들어오는 돈을 말이다. 급여 명세서에 적힌 돈을 10원까지 다 내놓으라고 했다. 그렇게 하지 않으면 '너는 도둑년'이라며 소리를 지르고 폭력을 썼다. 내가 번 돈인데 왜 그 돈을 양어머니에게 주지 않으면 도둑년이 되는 걸까?

나는 취업 후 5년간 매달 양어머니에게 생활비를 상납해야 했다. 나중에 통장 정리를 해보니 그동안 6,000만 원이 넘는 돈을 주었다. 그런데도 그녀는 매번 돈이 적다고 욕을 했다. 돈을 달라는 표면적인 이유는 이 돈을 모았다가 결혼할 때 주겠다는 것이다. 하지만 나는 결혼할 때 양어머니에게 아무것도 돌려받지 못했다. 신용 카드 3개월 할부로 결혼식을 했다.

결혼 후에도 양어머니는 매달 생활비를 요구했다. 나도 이제 결혼해서 내 생활을 해야 해서 생활비 100만 원은 못 준다고 말하고 50만 원씩 3개월을 보냈다. 그러자 양어머니는 임신 3개월의 나에게 왜 50만 원밖에 생활비를 안 주냐며 "미친년, 키워 줘도 은혜를 모르네. 당장 돈 보내 쌍년아!"라고 전화를 걸어 왔다. 그 전화로 나는 양어머니와 완전히 인연을 끊기로 결심했다.

지금 생각해도 화가 날 정도로 분노가 일지만, "욕할 거면 앞으로 전화하지 마세요. 이제 전화해도 안 받을 거예요. 앞으로 돈 10원도 못 보내요"라고 말하고 전화기 너머로 이어지는 쌍욕을 백 뮤직으로 전화를 끊은 것이 내가 할 수 있는 최대의 저항이었다.

양어머니 전화를 수신 차단하는 것, 조금씩이라도 보내던 돈을 아예 안 보내는 것, 그녀의 전화를 받지 않음으로써 성격 급한 그녀를 미칠 듯이 답답하게 만드는 것, 그녀의 조종을 받아 나에게 접촉하는 주변 사람들의 연락을 받지 않아 나를 조종하지 못하게 하는 것 같은 소극적 저항 외에는 내가 할 수 있는 행동은 없었다. "그냥 살아남으면 돼. 그게 다야"라는 김이나 작가의 말처럼 그냥 그렇게 살아남았다.

나는 화를 억누르는 것에 익숙하다. 부당해도 부당하다고 말 못 하고, 내가 맞았어도 가해자인 양어머니에게 사과해야 하는 삶을 20여 년간 살다 보니 그렇게 굳어져 버렸다. 그렇게 살다 보니 화나 분노가 한번 터지게 되면 통제가 안 될 것 같은 두려움에 나를 더 억누르게 된다.

마음속으로는 양어머니를 몇 번이고 죽였다. 이러다 내가 정말로 해치지 않을까, 진짜로 죽일 수도 있지 않을까 하는 분노를 느끼기도 했다. 그러다 보면 이런 상상을 하는 내가 무서워져, 내가 나를 괴물 보듯 증오하게 된다.

나는 내 마음속 분노를 밀봉해서 담아 두려고 노력했다. 방사능 물질처럼 위험 표시를 붙여서, 깊은 바닷속으로 수장시키고 싶었다. 이런 화와 분노는 어떻게 폐기할 수 있을까⋯. 바람 빠진 풍선처럼 조금씩 조금씩 독기를 뺄 수 있을까⋯.

이렇게 양어머니에 대한 분노를 밀봉한 채 살려고 노력하는데, 어느 날부터 시어머니가 내 분노를 건드리기 시작했다. 갑자기 버럭 화를 내고, 신경질을 냈다. 남편이 바빠서 혼자 두 아이를 데리고 전철을 타고 2시간이나 걸리는 시가에 간 날이었다. 도착한 지 1시간쯤 지났을 때, 갑자기 시어머니가 집에 가라며 화를 내서 이유도 모른 채 다시 2시간 동안 전철을 타고 집으로 돌아온 적이 있다.

또 어느 주말에는 시가에 가서 잠을 자고, 열 명이나 되는 식구들의 아침밥을 해 먹이고 설거지를 하고 쉬고 있는데, 갑자기 "너는 왜 청소를 안 하니?"라고 버럭 소리를 질러서 황당했던 적도 있다. 시어머니는 시아버지와 아들, 손주들에게는 화를 내지 않았다. 두 명의 며느리에게만 매번 급작스러운 화를 냈다. 게다가 시어머니는 시아버지와 아들들에게 며느리 욕을 했다. 지속적으로 전화를 걸어 며느리 험담을 하자 남편은 나에게 말도 못 하고 스트레스를 받았다. 참다못한 시아버님이 시어머니를 모시고 가서 상담을 받으니 '화병'이라는 진단이 나왔다. 그런 병이 진짜로 있는지 그때 처음 알았다. 젊은 시절, 본인의 시어머니에게 호된 시집살이를 당했던 시어머니였다. 그런데 본인이 시어머니가 된 후에도 이전에 억울했던 감정들이 해소가 안 돼서 며느리를 볼 때마다 화가 나는 화병이 된 거라고 한다.

놀랍게도, 정신과 약을 처방받고 상담을 받기 시작하자 언제 그랬냐는 듯이 갑자기 정상적인 시어머니가 되었다. 고부 갈등으로 몇 년간 힘들었는데, 시어머니가 상담을 받고 나서는 그렇게 힘들었던 때가 있었던가 싶을 정도로 지금은 사이가 너무 좋아졌다. 사람이 이렇게 달라질 수 있구나 싶어 새삼 치료의 효과를 알게 되었다.

그 모습을 보고 나니, 나도 일상생활을 하다가 갑자기 화가 나고 부글부글 끓으면서 양어머니를 죽일 것 같은 분노가 치미는 것이 화병일 수도 있겠다는 생각이 들었다. 병은 병으로 인정하고 약을 먹으면 치료할 수 있듯이, 화도 그렇다는 것을 시어머니를 보면서 처음 생각하게 되었다.

《보통의 언어들》에 나오는 말처럼 나도 "대충 미워하고 확실히 사랑받고" 싶다. 사회 복지학과를 선택해서 사람 심리를 공부했고, 사회 복지사가 되어서는 많은 사람을 만나면서 인생에는 참 다양한 형태가 있음을 배웠다. 남편을 만나고 타인에게 처음 상처를 드러내 보았다. 결혼하고 임신하고 출산하면서 처음으로 가족을 갖게 되었다. 엄마 프리미엄으로 나에게 조건 없는 사랑을 쏟아 주는 아이들 덕분에 마음속에서 분노라는 독기를 조금씩 빼고 있다.

미국의 임상 심리학자 타라 브랙은 《받아들임》에서 "우리가 수용할 수 있는 것의 경계는 우리 자유의 경계"라고 말했다. 이 말처럼 나도 조금 더 수용하고, 조금 더 자유롭고 싶다. 마음의 분노와 화를 잘 다루어 '내 안에 화와 분노가 있음'도 수용할 수 있게 되기를 바란다. 마음속 꽉 차 있던 돌덩이 같은 분노가 조금씩 파쇄되길 기도한다.

그냥 살아남으면 돼.
그게 다야.

누구에게나 찾아오는 '내가 하염없이 작아지는 밤'이 다시 오면, "그냥 살아남으면 돼. 그게 다야"라는 김이나 작가의 말을 귀에 속삭여 본다.

그렇지만 살아남는 건 보통 일이 아니다.
보통 큰일이 아니다.
대단한 일이다.

12

현실과 이상

《달과 6펜스》

윌리엄 서머싯 몸, 민음사, 2000

✦

작년부터 고전이라 불리는 《달과 6펜스》를 세 번째 반복해서 읽고 있다. 주인공 찰스 스트릭랜드는 증권사 직원으로 17년간 직장 생활을 하던 중 그림을 그리지 않고는 안 되겠다며 마흔에 화가가 되기로 결심하고 급작스럽게 집을 나간다.

그 과정에서 찰스는 자신을 도와줬던 더그 스트로브의 부인인 블란치 스트로브와 깊은 관계가 된다. 더그는 두 사람을 위해 자신이 집을 나가지만, 구속을 싫어하는 찰스 또한 집을 나간다. 두 남자가 집을 나간 후 블란치 부인은 자살을 시도한다. 그런 블란치 부인에 대해 찰스는 "블란치 스트로

브는 나에게 버림을 받아서 자살한 게 아냐. 어리석고 균형 잡히지 않은 인간이라 그랬지"라고 남 이야기하듯 말한다.

블란치 스트로브는
나에게 버림을 받아서 자살한 게 아냐.
어리석고 균형 잡히지 않은 인간이라 그랬지.

처음에는 아내와 아이를 내버려 두고 파리로 그림을 그리러 가 버리고, 유부녀를 꼬셔서 자살하게 하면서도 죄책감을 느끼기는커녕 비꼬고, 결국 부랑자처럼 살다가 원주민 처녀에게 의존하여 그림만 그리는 중년 찰스를 보면서 '중년이 된 내 남편이 이러면 어쩌지?'라는 생각에 감정 이입이 돼 "나쁜 놈"이라고 욕을 하면서 읽었다. 그런데 두 번 세 번 다시 읽을수록 '찰스'를 다른 시각으로 보게 된다. 그렇게 점점 '찰스 스트릭랜드'에게 동화되어 가고, 이해하게 된다.

"인생의 방향을 바꾸는 것은 사람에 따라 여러 가지 형태와 갖가지 방법으로 다양하게 나타난다. 줄기찬 격류가 바위를 단번에 산산조각 내듯 과감한 개조를 필요로 하는 경우도 있고, 반대로 낙숫물이 바위에 구멍을 뚫듯 서서히 나타나는 경우도 있다"라고 《달과 6펜스》 속 화자인 '나'는 말한다. 나는 삶이 서서히 변화하는 과정을 살고 있지만, 누군가는 찰스처럼 한 번에 산산조각 내는 듯한 변화를 겪을 수도 있다.

'그렇게 과감한 변화의 순간이 찾아왔을 때 찰스처럼 받아들이지 않았다면 그의 생명이 대신 끊어지지 않았을까?'라고 찰스의 편을 들고 있는 나를 발견하며 책의 힘을 느낀다.

책 속 인물을 통해 다른 사람을 이해하고, 나를 돌아보게 하는 힘. 그것이 바로 문학이 가진 힘이라고 생각하며, 문학을 싫어하고 터부시했던 예전의 나와는 많이 달라졌다는 것에 작은 기쁨을 느낀다.

《달과 6펜스》에서 나를 사로잡은 또 다른 인물은 블란치 부인이다. 그녀는 본능적으로 느꼈을지 모른다. 자신이 찰스를 간호하면 반드시 사랑에 빠질 것이고, 이렇게 불운한 결말을 맞게 될 것을…. 그래서 그렇게 남편 더그에게 찰스를 간호하지 않겠다고 주장했을지 모른다. 그럼에도 남편 더그가 자신의 과거를 들먹이며 '그녀가 힘들었을 때 자기가 도와주었으니 찰스를 도우라'는 말에 얼굴이 빨개졌다가 극도로 차분해지는 과정에서 그녀가 어떤 마음일지 너무 잘 알

것 같다. 가정 교사였다가 사랑하는 남자의 아이를 임신했으나 버림받고 자살하려다 더그의 도움으로 다시 살게 된 블란치이다. 만약 내 남편이 나에게 "고아였던 당신을 내가 도와주었듯이, 저 어려운 사람을 도와줘"라고 말한다면 이건 동등한 남편과 아내 관계가 아니다. 남편은 도울 수 있는 강자이고, 나는 도움을 받은 약자가 되어, 오히려 도움이 필요한 찰스와 동등해질 뿐이다. 나는 블란치 부인을 불행한 결말로 내몬 사람은 남편 더그라고 생각한다. 물론 찰스의 말을 빌리자면 이 또한 블란치 부인이 "어리석고 균형 잡히지 않은 인간"이라 그렇다고 말하겠지만…. 간신히 정신 붙잡고 살던 블란치 부인이 균형을 잃도록 내몬 것은 남편 더그의 그 말 때문이라고 블란치 부인을 편들어 본다.

찰스 스트릭랜드는 단순한 '나쁜 놈'이 아니다. "한 인간의 마음속에 인색한 마음과 웅대함, 악의와 선의, 증오와 사랑, 이렇게 서로 반대되는 것이 나란히 존재한다는 것을 지금에야 나는 알게 되었다"라고 말하는 화자처럼 일방적으로 나쁜 사람도, 일방적으로 선한 사람은 없다. 나에게 참 나쁜 부모였던 내 양부모도 다른 사람들에게는 '호인', '신앙 좋은 권사', '법 없이도 살 사람', '효심이 지극한 효자'라는 상반된 평가를 받는 사람들이었다. 이렇게 한 사람이 누군가에게는 좋은 사람이지만, 누군가에게는 나쁜 사람일 수 있다. 나 역시 그렇다. 나 스스로를 선하다고 생각하지만 내가 상처를 준 사람도 많고, 나를 지금도 싫어하는 사람이 있는 것을 보면 나는 선한 인간이 아니다.

한 인간의 마음속에
인색한 마음과 웅대함, 악의와 선의, 증오와 사랑
이렇게 서로 반대되는 것이 나란히 존재한다는 것을
지금에야 나는 알게 되었다.

《달과 6펜스》에서 달은 '이상'을 말하고, 6펜스는 '현실'을 상징한다고 해석해 본다. 나는 지금 달과 6펜스 중에 무엇을 추구하며 살고 있을까?

나는 둘 다 놓지 않으려고 안간힘을 쓰고 있다. 내가 '6펜스'만 선택해 버린다면 생활에 찌든 노동자 전안나, 아동 학대 피해자 껍데기만 있을 뿐 진짜 '나'는 없을 것이다. 그렇다고 찰스처럼 '달'만 선택해 버리기엔, 나 또한 사회적으로 지탄받고 정상적인 사회인이 되지 못한 채 사회에서 밀려나게 될 것이라는 두려움이 둘 다 놓지 못하게 만든다.

그런 의미에서 찰스는 위대한 사람이면서 동시에 여러 사람에게 미움을 받는 캐릭터가 된다. 사람은 내가 하지 못하는 것을 하는 사람, 내가 용기가 없어서 못 하는 것을 해내는 사람을 추앙하기보다는 질투하며 질시한다. 내가 처음 찰스를 보면서 욕했던 이유도 알고 보면 '달'만 선택할 수 없는 나 자신에 대한 자격지심은 아니었을까. 마흔에 직장과 집과 가정을 떠나 그림을 그리기로 결심하는 찰스를 보면서, 이것 역시 그를 향한 동경과 질투였을지도 모른다.

내 삶에 '달'이 없다면, 인생을 사는 의미가 없을 것이다. 내 삶에 '달'이 없다면, 신체적인 나와 상관없이 내 영혼은 늙어 버릴 것이다. 평생, 죽을 때까지 '달'을 보며 살고 싶은 내 마음속 바람을 담아, 죽은 후에야 스타 화가가 된 '찰스'를 응원한다.

나는 블란치 부인 또한 달을 선택했다고 생각한다. 재미없고 지루하고 가끔은 창피한 남편 더그와 그냥 살아갈 수 있었을 텐데, 그녀는 위험한 달인 찰스를 선택한다. 그리고 그 달이 끝나 버렸을 때 그녀는 자살한다. 나는 그녀의 선택이 죽음으로 끝났을지라도 그런 '블란치'를 응원한다.

 찰스처럼 "나는 과거를 생각하지 않소. 나에게 중요한 것은 다만 영원한 현재뿐이오"라고 멋지게 말하고 싶지만, 나는 달도 6펜스도 놓지 못하는 욕심쟁이다. 영국의 극작가 조지 버나드 쇼처럼 "우물쭈물하다 내 이럴 줄 알았다"라는 묘비명을 쓰게 되는 건 아니겠지?

13

결핍과 소진

《피로사회》

한병철, 문학과지성사, 2012

사람이라면 누구나 실패하고 좌절할 때 움츠러들게 된다. 하지만 때론 작은 좌절이나 콤플렉스는 삶을 지탱하는 원동력이 되고는 한다. 그런데 나는 실패하고 좌절하는 것이 너무 싫다. 몸서리치게 싫다.

나는 태어났을 때부터 사회에서 실격 처리된 인생이었다. 양부모님의 사업 실패와 잦은 부부 싸움, 아동 학대로 어려서부터 충분히 고통스러웠다. 그래서 고통을 느끼면 어떻게 하면 빨리 벗어날 수 있을지 회피할 방법부터 찾는다.

고통의 도가니 속에서 조금이라도 빨리 나오려고 의식적

으로 노력했다. 마치 그런 일이 없었던 것처럼 망각하려 노력했다. 나는 현실의 나를 벗어나고 싶었고, 더 나은 사람이 되려고 고군분투했다. 아니, 나는 내가 아닌 다른 사람이 되려고 했다.

선천적 결핍과 후천적 결핍은 내가 움직이도록 충동질한다. 결핍은 나를 살아가게 하는 연료가 되었지만, 아직도 열등감과 질투, 결핍을 극복하지는 못했다. 지금도 수시로 '그때 그러지 말걸' 하고 몇 번이나 이불을 찰 때가 많다.

나는 양어머니에게 입양된 여섯 살부터 열아홉 살까지는 양어머니에게 무급 고용된 식모로 일했고, 스무 살부터는 각종 아르바이트로 대학 등록금과 용돈, 집안의 생활비를 벌어야 했다. 스물네 살부터는 월 100만 원씩 양어머니에게 나를 키워 준 빚을 갚아야 했고, 그렇게 5년간 6,000만원을 갚고 도망쳐 나와서는 헬조선에서 '정상 인간', '정상 가족'으로 살아갈 나를 위한 돈을 벌어야 했다. 육아 휴직도 하지 않고 워커홀릭으로 돈을 벌어서 18평 전세에서 24평 전세로 옮기고, 24평 전세를 자가로 바꾸었다. 두 명의 아이가 태어나면서 30평 자가로 옮기며 은행 빚을 냈고, 35년 상환을 위해 19년째 주 40시간 인생을 담보로 돈을 벌고 있다. 갑자기 퇴사하고 사업을 시작한 남편의 사업 자금을 마련하기 위해 8,300만 원을 또 빚내고 작가로 강사로 투잡, 쓰리잡을 하고 있다. 그렇게 나는 영혼과 육체를 갈아 넣으며, 연봉 1억을 버는 워킹맘이 되었다.

내가 나 스스로를 착취하며 살았다는 것을 이제야 깨닫는다. 《피로사회》에서 한병철 작가는 "성과 사회의 피로는 사람들을 개별화하고 고립시키는 고독한 피로"라고 하는데, 나의 효용성을 인정받기 위해, 결핍을 채우기 위해 나 스스로를 착취하며 살았다. 나는 나 자신에게 가해자이자, 피해자였다.

성과 사회의 주체가 스스로를 착취하고 있으며,

가해자인 동시에 피해자이다.

내가 질투했던 것은 내게 모두 결핍된 것이었다. 왕방울만 한 눈과 주먹만 한 작은 얼굴을 가진 연예인, 큰 키에 날씬하면서도 글래머러스한 몸매, 학벌도 좋고 부모님이 재산도 많은 금수저, 어학연수나 유학을 다녀온 해외파, 명문 대학 학벌, 형제나 자매가 있는 사람 등… 나는 그들 모두를 질투했다.

나는 질투가 참 많다. 넘치게 많다. TV 속 연예인들이 건강과 아름다움을 위해 다양한 관리를 받는 것이 질투 나고, 수더분해 보이던 윗집 엄마가 전문직이라는 것을 알았을 때도 질투가 나고, 친구가 좋은 명품 가방을 사도 질투가 난다. 사촌이 논을 사면 배가 아프다는 말은 바로 나를 두고 하는 말이다.

"질투한다는 것은 결국 질투하는 쪽이 실력이 없다는 증거이고, 마음 깊은 곳에서 상대방의 실력을 인정하는 것"이라고 일본 작가 나카지마 다카시는 말했다. 맞다. 질투로 시작된 감정이 결핍이라는 욕구가 되었고, 자기 착취라는 병리적 행동이 되어 버렸다. 나는 이렇게 살았다. 나는 왜 이렇게 나를 착취하며 살았을까?

"규율 사회의 부정성은 광인과 범죄자를 낳는다. 반면 성과 사회는 우울증 환자와 낙오자를 만들어 낸다"라는 한병철 작가의 말처럼 나는 우울증을 여러 번 앓았다. 처음 자살을 시도했던 중학교 2학년의 나는, 유서를 남길 에너지가 없어 그냥 조용히 죽으려 했다.

심리학 공부를 시작하자 니체의 말들이 자꾸 머리에 와서

박힌다. "괴물과 싸우는 사람은 자신도 괴물이 되지 않도록 주의해야 한다. 그대가 오랫동안 심연을 들여다볼 때 심연 역시 그대를 들여다본다." 나를 들여다보면 볼수록 내가 괴물 같아서 살 수가 없었다.

규율 사회의 부정성은
광인과 범죄자를 낳는다.
반면 성과 사회는
우울증 환자와 낙오자를 만들어 낸다.

결혼하고 두 아이를 낳고 직장을 다니며 독박 육아와 가사를 하던 때, 나는 우울했다. 바라던 모든 것이 이뤄진 듯하던 때였다. 양어머니로부터 탈출하고, 가정이 생기고, 내 편이 생기고, 아이들이 생기고, 직장이 있는데도 죽을 것 같았다. 결혼 전에는 양부모님을 돌보기 위해 돈을 벌고 집안일을 하고 그들을 병원에 모시고 다녔다. 결혼 후에는 독박 육아로 두 아이를 키우고 네 식구 몫의 가사 노동을 하고 시부모를 챙겨야 했다. 그리고 직장에서는 팀원들을 돌봐야 했다. 습관적 돌봄은 나를 소진으로 내몰았다. 이유를 알 수 없이 힘들고, 불행하고, 슬프고, 우울했다. 이렇듯 평생 함께한 우울한 감정에 내가 유전적으로 정신병적인 문제가 있는 것은 아닌가, 혹은 양어머니에게 받은 스트레스로 인해 정신병이 생긴 것은 아닌가 걱정했는데 결국은 성과 사회에서 '인정받기 위한 열심'이 나를 우울로 이끌었던 것이었다.

나는 나를 움직이는 것이 '열정'이라고 생각했다. 하지만 이제 와서 보니 그건 '결핍'이었다. 열정의 끝은 '보람'일 텐데, 나는 결핍으로 인해 '소진'되었다. 소진은 힘, 에너지, 물질, 시간 등이 다 쓰여 사라진 상태를 말한다. 다 퍼내서 완전히 고갈되어 버린 거다. 우리가 '피로하다'라고 말할 때의 '피로'는 휴식을 취하고 나면 다시 소생의 가능성이 숨어 있는 단어이다. 하지만 '소진'은 프랑스어 어원의 의미로 보자면 물을 다 써서 바닥을 드러낸 우물과 같은 상태로, 즉 소생 가능성의 여지가 조금도 남아 있지 않은 상태를 말한다.

얼마 전 회사 사장님이 "앞으로 어떻게 살 계획인가?"라고 물었다. "그동안 너무 열심히 산 것 같아서 조금 천천히 살 계획입니다"라고 했더니 "의외인데? 필요하지. 근데 잘 안 될 거야. 에너지가 많은 사람이라"라고 말씀하신다. 나를 정말 정확하게 본 것 같다. 너무 열심히 살았더니 이렇게 끊임없이 일하고 부지런한 모습이 진짜 내 모습인지, 일 중독인지, 습관인지 잘 구분이 가지 않는다.

나에게 지금 휴식이 필요하다는 것은 알고 있다. 결핍을 느끼는 마음을 조금 내려놓고, 타고난 내 모습 그대로 편안하게 받아들일 날이 언젠가는 올까? 그런 날이 내게도 오면 좋겠다.

나에겐 휴식이 간절히 필요하다.
쉬어야 할 때이다.

14

나를 위한 선물

《배려의 말들》

류승연, 유유, 2020

✦

"인생에는 때로 버티는 것조차 힘겨운 시기가 온다."

버티는 것조차 힘들었던 시절, 입양과 학대라는 현실을 도피하며 살면서 제일 무시했던 것은 '내 감정'이었다. 내가 무엇을 원하는지, 어떻게 느끼는지, 지금 내 마음은 무슨 색깔인지, 어떤 상태인지 생각해 본 적이 별로 없다. 내가 좋아하는 것, 나를 행복하게 하는 것이 무엇인지 생각하기보다 늘 상대의 마음이 화가 난 상태인지, 보통 상태인지, 기분이 좋은지만 살피며 살았다. 그래서 감정을 나타내는 단어들을 보면서 그 종류가 이렇게 많다는 것에 놀라고 말았다.

기쁘다 신나다 고맙다 감동스럽다 놀라다 편안하다 뿌듯하다 반갑다
자유롭다 흐뭇하다 행복하다 느긋하다 후련하다 든든하다 재미있다
짜릿하다 용기가 나다 살아 있다 생생하다 자신감 있다 흥분하다
희망차다 친근하다 뭉클하다 흡족하다 개운하다 포근하다 따뜻하다

화나다 우울하다 당황스럽다 짜증이 나다 답답하다 걱정스럽다
억울하다 안쓰럽다 무섭다 괴롭다 긴장하다 조마조마하다 창피하다
비참하다 참담하다 안타깝다 어이없다 찝찝하다 쓸쓸하다 부끄럽다
분하다 비난하다 기분이 상하다 싫다 지겹다 불쾌하다

　　감정을 나타내는 단어가 이렇게 많은데, 왜 나는 '좋다',
'싫다' 이렇게 극단적인 두 단어로만 나를 표현하며 살았을
까? 〈대화의 희열〉이라는 TV 프로그램에서 김영하 작가는
"혼란스러운 다양한 감정들을 인식하고 언어화할 수 있는 사
람이 강한 사람"이라고 이야기했다. "자신의 감정을 이해할
수 있다면 그만큼 자기 자신을 잘 알고 정면으로 대하고 있
다는 의미"라는 것이다. 김영하 작가의 말로 나를 살펴보자
면, 나는 아직도 나를 잘 모른다는 뜻인가 보다. 이제부터라
도 소소히 내 감정을 살펴 가야겠다.
　　'내가 벌써 갱년기가 오나?'라고 생각이 드는 순간이 있다.

사소한 일에 갑자기 짜증이 팍 나거나, 화가 막 치밀어 오를 때가 있다. 사회생활을 한 지 19년 차로 웬만한 일에는 감정의 흔들림 없이 잘 대처하며 살았다고 자부했는데, 내가 이렇게 감정 조절을 못하는 인간이었나 하는 자괴감이 든다. '내가 점점 꼰대가 되어 가나?'라는 생각도 가끔 한다.

이렇게 갑자기 감정이 흔들리는 상황이 찾아올 때, 우리 마음속에도 환기가 필요하다. 《배려의 말들》에서 말하듯 "인생에는 때로 버티는 것조차 힘겨운 시기가 온다. 그럴 땐 삶이 그저 살아져도 힘이 부친다. 하지만 우리 삶은 살아지는 게 아니라 살아 내야" 하기 때문이다. 살아 내기 위해, 나 스스로 감정을 다스리고 환기시킬 수 있게 도와줄 작은 선물이 필요하다. 이 작은 선물이 무엇인가 생각해 보니 꽤 여러 가지 아이디어가 떠오른다.

인생에는 때로 버티는 것조차 힘겨운 시기가 온다.
그럴 땐 삶이 그저 살아져도 힘이 부친다.
하지만 우리 삶은 살아지는 게 아니라 살아 내야 한다.

사우나 가서 뜨거운 물에 몸 담그기, 세신사에게 때 밀기,

마사지 받기, 재미있는 책 읽기, 맛있는 음식 먹기, 시원한 생맥주 마시기, 혼자 보내는 자유 시간 가지기, 아이들 꼭 안아주기, 몸에 잘 맞는 옷 사기, 하이힐 신어 보기 등이 생각난다. 내가 좋아하는 것이 무엇인지, 나를 행복하게 하는 것이 무엇인지 생각해 보니 참 소소하다. 마음만 먹으면 당장 할 수 있는 작은 것들인데, 왜 나에게 자주 해주지 못했나 번뜩 놀랐다.

나는 세신을 정말 좋아한다. 세신은 내가 처음으로 경험한 긍정적인 스킨십이었다. 내가 양어머니에게 받은 스킨십은 모두 폭력이었다. 그래서 나는 어떤 종류의 스킨십도 좋아하지 않았다. 학창 시절 여자 친구가 손을 잡는 것도, 남자 친구의 애정 어린 따뜻한 손길도 싫어했다. 그런 나에게 세신은 최초의 긍정적 경험이었다.

사우나에 가서 세신사, 일명 때밀이 아줌마에게 때를 미는 것이 참 좋다. 한 번도 안 해본 사람은 있어도, 한 번만 해본 사람은 없다는 '세신'을 처음 만난 건 첫째를 임신했던 때였다. 세신사의 지시에 따라 엎드렸다가, 왼쪽으로 누웠다가, 천장을 보고 누웠다가, 오른쪽으로 누웠다가, 다시 엎드렸다가를 반복한다. 몸을 90도씩 돌리길 두 번 반복하면 온

몸의 때를 다 밀어 주고, 비누칠을 해주고, 머리를 감겨 준다. 아이가 된 것처럼 샴푸 하고, 두피 마사지도 하고, 다시 헹구고, 트리트먼트를 바르고, 다시 헹궈 주는 손길에 나를 자연스레 맡기게 된다. 세신만 하면 30분에 2만 원, 마사지까지 받으면 1시간에 4만 원, 온전히 나를 위한 서비스를 받는 기분이다. 때론 내가 이런 호사를 누려도 되나 싶은 생각이 머리를 스치고 지나간다. 그럴 때 류승연 작가의 말을 가만 떠올려 본다. "긴 인생을 잘 살아 내려면 에너지를 적절히 분배해야 한다. 긴 인생 쉬어도 가고 주저앉기도 하고 멍도 때려야 한다. 반드시 필요한 시간을 보내는 중이라고 자기 확신을 가질 수 있어야 한다. 허송세월을 보내는 것이 아니라 날 위한 배려의 시간을 갖는 중이다."

귀여운 곰돌이 푸는 따뜻한 말투로 "매일 행복하진 않지만, 행복한 일은 매일 있어"라고 말했는데, 나도 곰돌이 푸의 말처럼 행복하게 살고 싶다. 태어나서 가져 보지 못했던 행복을 꼭 잡고 살고 싶다. '행복하고 좋은 삶'이란 구체적으로 무엇을 말하고, 어떻게 하면 그런 삶을 살 수 있을까? 내가 행복하다고 느낀 순간이 사진처럼 몇 장면 머릿속에 남아 있다.

매일 행복하진 않지만, 행복한 일은 매일 있어.

내가 받았던 위로 중에 가장 기억에 남는 위로는 큰 아이에게서 받은 것이다. 유난히 피곤했던 날, 퇴근 후 집에 와서 겉옷을 입은 채 씻지도 않고 침대 위에 철퍼덕 누웠는데 다섯 살이던 첫째가 와서 "엄마 힘들어?"라고 말하는 순간 마음이 울컥했다. 그 말이 너무 고마워 아이를 안았더니 내가 아이에게 해줬던 것처럼 아이가 내 등을 토닥토닥해 주던… 그 손길이 너무나 큰 위로가 되었다.

내가 가장 행복하다고 느낀 순간의 사진은 '보리차 한 잔'이다. 밥도 내가 차리고 설거지도 내가 다 했던 신혼 시절이었지만, 밥을 다 먹은 남편이 보리차 한 잔을 떠서 말없이 상위에 놓고 방에 들어갔을 때 그 보리차 한 잔이 주는 사소한 따뜻함, 나를 향한 말 없는 배려가 정말 행복했다. 그날 '내가 결혼을 참 잘했구나!' 느꼈다.

내가 가장 행복하다고 느낀 어릴 적 기억은, 초등학교 1학년 때 교통사고가 나서 병원에 입원했을 때 양어머니가 가지고 와서 먹여 준 '호박잎 쌈과 짠 된장찌개'이다. 그때는 양어머니가 정말 나를 사랑하는 것처럼 느껴졌다. 그러고 보니 행복은 '사랑받는다'는 느낌에서부터 시작되나 보다.

　나를 위한 선물 목록 몇 개쯤은 준비하고 있어야겠다. 오늘 하루 행복하지 않았다고 생각이 드는 날, 준비했던 목록을 꺼내 나에게 행복을 직접 선물해 보는 것도 좋겠다. 비트겐슈타인이 말하길, "'나는 행복하다' 이렇게 말할 수 있는 사람은 분명히 행복하다"고 한다.

　나는 오늘 행복하다.
　당신의 오늘도 행복하길 바란다.

15

like와 love 사이

《받아들임》
타라 브랙, 불광출판사, 2012

나에게 '사랑'은 항상 미스터리였다. 심리학자들은 애착의 1차 대상인 부모로부터 정상적인 애착을 경험하지 못한 것에 대한 결핍 때문이라고 참 쉽게 진단을 내린다. 내가 사랑받고 싶었던 사람들은 나를 사랑하지 않았다. 친부모를 비롯해 양부모는 물론, 남자 사람들도 여자 사람들도 그랬다.

그런데 내가 생각하지 않았던 사람들이 나를 사랑해 주었다. 아이러니한 것은 항상 내가 사랑하려고 선택했던 사람보다, 나를 사랑하기로 선택했던 사람들의 안목이 언제나 옳았다는 점이다. 음식도 먹어 본 사람이 맛을 알듯이 사랑도 받아 본 사람이 할 줄 아나 보다. 나는 매번 나처럼 약하고 결핍 있는 사람을 골랐다. 그런데 나를 선택했던 사람들은 결핍 없이 사랑이 충만한 사람들이었고, 그들은 나에게 풍족한 사랑을 주었다. 하지만 나는 사랑을 받아 본 적이 없어서 그들이 주는 사랑을 충분히 누리지 못했다.

　나를 좋아하고 사랑해 주는 사람들을 만나면 의심이 먼저 들었다. '나를 왜 사랑하지?', '나는 이렇게 못생기고, 글래머도 아니고, 성격도 까칠하고, 학벌도 안 좋고, 직업도 그냥 그런데 왜 나를 좋아하는 거지?', '나를 좋아하는 게 아닐 거야. 내가 착각하는 거야.', '나에게 무언가 바라는 게 있나?' 하는 의심 가득한 눈으로 그들을 대했다. 이런 의심은 점점 커졌고, 여러 번의 테스트에도 살아남는 사람들이 나의 친구가 될 수 있었지만, 그 과정에서 나는 좋은 사람들의 마음에 상처를 주었다.

　타라 브랙은 《받아들임》에서 "자기 인생이 얼마나 오랫동안 자기혐오와 수치심의 감옥에 갇혀 있었는지를 마침내 알 수 있게 되었을 때 슬픔만이 아니라 삶이 주는 희망도 느끼게 된다. 불완전함은 우리 개인의 문제가 아니며 존재의 자연스러운 부분이다"라고 말한다. 내가 왜 이렇게 나를 좋아하는 사람들에게 상처를 주었는지 돌아보니, 내가 오랜 시간 동안 불완전함 속에 있었기 때문이었다. 내 마음속에 가시가 너무 많아서, 숨기려고 감싸 안다 보니 가시가 내 몸을 뚫고 나와 나에게 다가오는 사람을 찌르고 있었다.

불완전함은 우리 개인의 문제가 아니며
존재의 자연스러운 부분이다.

"불완전함은 우리 개인의 문제가 아니며 존재의 자연스러운 부분이다"라는 사실을 깨닫고 나니, 내가 첫 번째로 사랑해야 할 사람은 바로 '나' 자신이라는 것을 알게 되었다.

아이를 키우다 보면 주변의 다른 집 아이들에게도 자연스레 관심이 간다. 어떤 집은 형제간에 사이가 굉장히 나쁜데, 어떤 집은 형제간에 사이가 너무나 좋은 경우를 본다. 내가 충분히 사랑받았다고 느끼며 자란 첫째 아이는 둘째에게 사랑을 나누어 줄 것이 있다. 하지만 충분히 사랑받지 못했다고 느끼며 자란 아이들은 다른 형제에게 사랑을 나누어 주지 못하고 부모의 사랑을 쟁취하려고만 한다. 아이들을 보면서 알게 된 사실은 내 안에 사랑이 충분해야 다른 사람에게 나누어 줄 사랑이 생긴다는 것, 즉 나를 사랑하지 않으면서 다른 사람을 사랑할 수는 없다는 것이다.

프랑스 철학자 롤랑 바르트는 "사랑이란 무엇인가. 그건 나의 죽음이 누군가를 죽게 하고 누군가의 죽음이 나를 죽게 만든다는 것이다"라고 말했다. 그런 게 사랑이라면, 여전히 나에겐 쉽지 않아 보인다.

심리학적으로, 두 사람이 서로에게 강한 호감을 느끼게 되는 것은 사실 상대방 자체에 대한 호감보다는 자기 자신들의 모습을 상대에게서 보았기 때문이라고 한다. 그래서 프로이트는 사랑의 본질은 나르시시즘, 즉 '자기애'라고 말한다. "나는 나를 사랑하는가?"라고 물으면 아직 100% "그렇다"라고 말하지는 못하겠다. 그러면 질문을 조금 바꿔서 "나는 무엇을 가장 사랑하는가?"라고 물으면, 남편도 아이들도 100%는 아닌 것 같다. 내 삶을 한마디로 표현하자면 'LIKE 하는 것은 많은데, LOVE 하지 못하는 삶'이다. 슬프다.

아직도 내 마음을 모두 다 쏟을 정도로 사람을 믿지 못하는 것일까? 어릴 적부터 시작된 이 결핍은 결국 마흔이 넘어서도 채우지 못하고 마무리되고 마는 것일까? "네가 고통과 사랑 둘 다를 알게 되면 상처가 치유될 거야"라는 타라 브랙의 말을 떠올려 본다.

네가 고통과 사랑 둘 다를 알게 되면
상처가 치유될 거야.

나는 사랑에 관해서는 아직 초보이다.

사랑도 받아 본 사람이 할 줄 안다고 하던데, 내가 경험한
사랑은 '사랑이라는 이름의 폭력'이어서 나는 사랑을 할 줄
모른다. 따뜻한 눈, 배려하는 손, 꽉 눌러 안아 주는 가슴, 애
정을 담은 편지, 취향을 담은 선물 등 모두 사랑을 표현하는
방법이라는 것을 머리로는 알지만 행동이 되지 않는다.

처음으로 내 편이 되어 준 남편과 아이들을 보며 조금씩
사랑을 알아 가는 중이지만, 여전히 스킨십은 어색하다. 애
는 어떻게 낳았는가 싶다. 내가 낳은 아이들에게도 어떻게
사랑을 표현해야 할지 잘 모르겠다. 나에게 스킨십이란 자연
스럽게 나오는 행동이 아니라 의식적으로 생각해서 시행해
야 하는 사회적 예절로 익힌 동작이다.

요즘 코로나로 가족들과 함께하는 시간이 늘어났다. 아
이들과 보내는 시간이 많아졌고, 같이 밥 먹는 횟수가 늘어

났으며, 퇴근 후나 주말에 시간 여유가 생겼다. 무엇보다 아이들은 엄마가 집에 일찍 들어온다고 좋아한다. 저녁마다, 주말마다 맛있는 요리를 해준다며 기뻐한다. 나를 이토록 환영해 주는 존재가 있어 참 감사하다. 다만 이처럼 코로나로 가족끼리 보내는 시간이 늘어나면서, 가정 폭력과 아동 학대 역시 증가하고 있다는 신문 기사가 나의 깊은 아픔을 건드린다.

열대야로 무더운 밤, 안방 바닥에 이불을 깔고 에어컨을 튼 뒤 다 같이 누워 잠을 잔다. 자다 깨서 눈을 떠 보니 남편과 아이 둘, 세 명의 발바닥이 똑같은 각도를 한 채 이불 밖으로 삐져나와 있다. 다시 눈을 감고 자다 에어컨 리모컨을 찾으러 일어나니 이번엔 남자 셋이 각자 다리에 베개를 하나씩 끼고 좌향좌 똑같은 포즈로 누워 잔다. 피식 웃음이 나온다.

가족이란 같은 것을 먹고, 같은 곳에서 자고, 같은 경험을 공유하는 존재가 아닐까 생각해 본다. 커플처럼 커플 티를 입고, 데이트를 하며 함께 공유하는 시간을 만들고, 대화를 통해 어떻게든 서로의 공통점을 찾으려는 노력을 하지 않아도 그냥 일상이 공유되는 사이가 가족이다. 함께 있으면 편안하고 안심되며, 자다 삐죽 튀어나온 발가락도 예쁜 내 가족이다.

이렇게 발바닥만 봐도 사랑스러운 내 아이들이 '엄마에게 충분히 사랑을 받지 못했다'라고 생각하며 자랄까 봐 걱정이 된다. 내가 사랑받아 본 적이 없어서 아이들에게 충분한 사랑을 주지 못하는 건 아닐까 하고 말이다. 그들을 향한 마음은 매우 깊고 큰데, "사랑한다"라는 말이 아직도 잘 나오지 않는다. 들어 본 적이 없어서 그런지, 내겐 아직 입 밖으로 낼 만큼 익숙하지 않다.

집에 들어가면 현관으로 마중 나오는 아이들을 꼭 안아 준다. 맛있는 음식을 아이들 입맛에 맞게 만들어 주는 것으로 사랑을 표현한다. 옆에 누워 있는 아이들이 사랑스러워 이마에 뽀뽀를 해준다. 아이들을 위해서라도 내가 먼저 나를 사랑해야겠다고 생각한다. '삶이 주는 희망'을 느껴 본다.

3부

Remember

Feeling

Thinking

Action

16

세상은 불공평하다

《인생》

위화, 푸른숲, 2007

✦

　사회 복지사로 19년간 일하면서 다양한 사람을 만났다. 그들을 만나면서 들었던 생각은 '세상은 공평하지 않다'는 것이다. 너무 당연한 말인가? 수많은 사람들의 생로병사를 보면서 '인생이란 무엇인가' 생각해 본다. 중국 작가 위화는 책 《인생》에서 우리를 살아가게 하는 힘은 "인내, 즉 생명이 우리에게 부여한 책임과 현실이 우리에게 준 행복과 고통, 무료함과 평범함을 견뎌 내는 데서 나온다"라고 말한다. 아, 견뎌 내는 것이 인생이란 말인가….

인내, 즉 생명이 우리에게 부여한 책임과
현실이 우리에게 준 행복과 고통, 무료함과 평범함을
견뎌 내는 데서 나온다.

　　영구 임대 아파트에 할머니와 손주 둘이 사는 집이 있었
다. 어느 날부터 아이 아빠이자 할머니의 아들이 집에 들어
와 함께 살기 시작했다. 아들은 기초 생활 수급자인 할머니
집에 얹혀살며 할머니를 때렸다. 멍이 든 채로 길가에 앉아
있던 할머니는 "아들이 때렸나?" 묻는 사회 복지사의 질문에
고개를 저었다. 길 가다 넘어졌다고 말하며 눈을 피했다. 나
쁜 사람들은 어찌나 머리가 좋은지 아들은 손주의 법정 보호
자라는 지위를 이용해서 손주의 수급비 통장을 분실 신고하
고 비밀번호를 변경해 새 통장을 발급받아 마음대로 돈을 빼
서 썼다.

　　어느 날 할머니의 아들이 화장실에서 심장 마비로 죽은 채
발견되었다. 슬피 울던 할머니는 몇 년이 지나 노환으로 돌아
가시고, 그렇게 중학생인 아이 혼자 남았다. 지금은 대학생이
되어 잘 살아가고 있지만, 그 아이를 보면 부모 보호 없이 살
아야 했던 내 어린 시절이 생각나 신경이 쓰인다. 그 아이의

눈빛에 생각이 많아 보이던 건 그저 내 기분 탓이었을까….

　할머니 혼자 손녀 세 명을 키우는 집이 있었다. 아들과 며느리가 이혼 후에 집을 나가자 할머니는 그 아이들의 보호자가 되었다. 똑똑한 첫째와 지적 발달이 느린 둘째, 아직 어린 막내를 어떻게 키우냐고 걱정하면서도 씩씩하게 살던 할머니는 어느 날 갑자기 아파트 복도에 의자를 놓고 올라가 뛰어내렸다. 10년이 지난 지금, 똑똑했던 첫째는 소녀 가장이라는 삶의 무게에 짓눌려 우울증에 걸렸다. 지적 발달이 느렸던 둘째는 오히려 자기 능력에 맞는 직장을 바로 구해서 사회인으로 살아가고 있다. 할머니를 다시 만나면 물어보고 싶다. "할머니, 왜 갑자기 갔어? 우리한테 말 못 할 사정이 있었어? 할머니 때문에 우리가 얼마나 상처받았는지 알아, 얼마나 슬퍼했는지 알아?"

　지적 장애가 있는 아버지가 친딸을 성추행했다. 성인이 된 아이는 아버지를 신고했고 아버지는 유죄 판결을 받았다. 아버지는 모범수로 일찍 교도소에서 출소했고, 아이는 아버지의 보복이 두려워 핸드폰도 없애고, 주소 조회 금지 신청을 하고 어딘가로 잠적했다. 출소 후 아버지는 아이를 찾으러 복지관과 동사무소를 몇 차례 다녀갔다. 그 후 몇 달이 지난 공휴일에 아이는 모르는 사람들과 동반 자살했다. 경찰에서 시신을 확인하고 양도해 가라고 했지만, 아버지는 하지 않았다. 자신을 모함했고 억울하게 교도소를 다녀왔기 때문에 할 수 없다고 말이다. 아이는 5년째 시체 안치소 냉동실에 누워 있다. 아직도…. 해마다 아이가 죽은 8월 15일 즈음이 되면 그 아이가 불현듯 생각난다. "너의 억울함, 무섭고 수치스러운 마음 알아. 내가 너를 기억하고 있어. 너의 이름, 너의 억울함, 너의 기일 내가 잊지 않을게…."

북한 이탈 주민 어머니와 세 자녀가 살았다. 첫째는 어머니를 대신해 두 동생의 엄마 노릇을 했다. 둘째는 말을 할 줄 알지만 말을 하지 않는 선택적 함구증이었다. 어머니는 아이들을 신체적, 언어적, 정서적으로 학대했다. 어느 날 어머니와 싸우던 첫째는 "베란다에서 확 뛰어내려 죽어 버려라"라는 어머니의 말에 베란다에서 뛰어내렸다. 초등학생 막내가 말한다. "엄마랑 싸우다가 큰 누나가 뛰어내려 죽었잖아"라고.

사회 복지사가 되어 만난 내 첫 클라이언트인 초등학생 여자아이들은 강력했다. 아이들은 초등학교 5~6학년에 이미 성 경험이 있었고, 동네 중학생 언니의 전화에 불려 나가서 모르는 남자와 자고 왔다는 이야기를 덤덤하게 꺼내 놓았다. 그 아이들도 벌써 이십 대 중·후반이 되었을 텐데, 한 번씩 그 아이들이 생각난다.

얼마 전 그 아이들을 떠올리게 하는 메일을 하나 받았다. 스무 살 k라는 사람의 메일이었다. 성적으로 문란하게 살았고 지금은 정신 병원에 있는데 나를 만나고 싶다는 연락이었다. 우연히 《1천 권 독서법》이라는 책을 보게 되었고, 죽을 것 같다가 책을 읽고 변화되었다는 전안나라는 사람이 궁금해서 메일을 보냈다고 했다. 이메일을 읽는 순간 갑자기 나의 첫 클라이언트 아이들이 생각났다. 혹시 그 아이들도 k처럼 살고 있는 건 아니겠지 싶어서 염려하는 마음이 들었다. k와는 두 번의 메일이 오갔고, 다시 연락이 오지 않았다. "퇴원하게 되면 꼭 뵙고 싶어요"라는 글이 머릿속에 계속 남아 있다.

이것이 인생일까…. 《인생》에 나오는 푸구이 노인은 내가 만났던 클라이언트와 비슷한 삶을 산다. 푸구이 노인은 부유한 집에서 태어나고 자라 아름다운 아내와 결혼도 했으나, 이후에 도박에 빠지는 바람에 집안 재산을 날리고 부농에서 소작농이 되고 만다. 어머니와 아버지가 차례대로 세상을 떠나고, 시집간 딸은 출산하다 죽고, 부인은 구루병으로 죽고, 아들은 헌혈을 하다가 의료 사고로 죽는다. 손주는 콩을 너무 많이 먹어서 죽는다. 작가는 "나는 인생이 눈물의 넓고 풍부한 의미와 절망이란 존재하지 않는다는 것, 그리고 사람은 살아간다는 것 자체를 위해 살아가지, 그 이외의 어떤 것을 위해 살아가는 것은 아니라는 사실을 믿는다"라고 푸구이의 입을 빌려 이야기한다. 나는 이 말에 공감할 수 없다. 사람이 '살아간다는 것 자체'를 위해 살면 그냥 죽는 날이 연장되었을 뿐이지, 그것이 무슨 의미가 있을까?

나는 인생이 눈물의 넓고 풍부한 의미와
절망이란 존재하지 않는다는 것,
그리고 사람은 살아간다는 것 자체를 위해 살아가지,
그 이외의 어떤 것을 위해 살아가는 것은
아니라는 사실을 믿는다.

이유 없이 누군가를 좋아하게 되고, 싫어하게 되는 것처럼 세상은 공평하지 않다. 그렇지만 세상은 공평하지 않기에 한번 살아 볼 만하다고 생각한다. 복권을 사는 모든 사람이 1등에 당첨되면 복권 1등은 의미가 없겠지? 기도한다고 모든 질병이 다 낫는다면 세상에 죽는 사람은 없겠지? 마찬가지로 노력한다고 다 된다면 노력하지 않는 사람이 없겠지만, 그러면 세상은 어떻게 될까?

세상에 악한 사람들이 이렇게 많은데 왜 하나님은 가만히 계시는지, 혹시 주무시는 건지 조금 원망했던 때가 있었다. 하지만 생각해 보니 하나님이 주무시고 계신 것이 아니라, 오래 기다려 주고 있는 것이라는 깨달음이 찾아왔다. 상한 갈대를 꺾지 않고 그대로 두는 이유는 악한 사람들을 위해서가 아니라 바로 '나를 위해서'인 것이다.

나도 누군가에게는 악한 사람이었을 수 있다. 의도치 않았지만 그들을 분노하게 했을 수도 있다. 누군가는 나 때문에 입양이 되지 못했겠지. 누군가는 나 때문에 꼭 필요한 장학금을 못 받았겠지. 또 누군가도 나 때문에 아르바이트 자리를 못 얻었겠지. 나 때문에 누군가는 정규직이 되지 못했겠지. 누군가는 나 때문에 승진하지 못했겠지… 이런 식으로 생각해 보니 내가 지금 누리고 있는 것이 다 세상이 공평하지 않기 때문이라는 생각이 든다.

내가 원치 않았지만 생긴 양부모님, 내가 원했지만 가지지 못한 친부모님과의 삶, 내가 원했지만 옆에 머물러 주지 않은 사람들, 반면에 내가 예상하지 못했지만 나의 반려자가 된 남편, 평생 로또나 경품에 당첨되어 보지 못해서 열심히 노력하는 삶을 살게 된 나… 이 모든 것이 공평하지 않은 세상을 살아가는 모습이다.

나는 기적을 소망하지 않는다. 요행을 바라지도 않는다. 내가 태어나서 이렇게 살고 있는 것 자체가 기적이라는 것을 안다. 나는 그래서 이렇게 기도한다.

세상이 공평하지 않아서 참 다행입니다.

하나님, 감사합니다.

17

나눔, 성공을 돕다

《나폴레온 힐 성공의 법칙》
나폴레온 힐, 중앙경제평론사, 2015

내 정체성에 대해 처음으로 고민하기 시작했던 청소년기, 나는 내가 왜 태어난 것인지 궁금했다. 그 질문의 답은 때로는 신을 향한 원망으로, 때로는 친부모에 대한 애중으로, 때로는 태어난 것 자체가 잘못이니 빨리 죽어야겠다는 생각으로 끝났다.

그렇게 십 대부터 이십 대, 삼십 대까지 찾아 헤맸던 답은 '사명'이라는 단어로 귀결되었다. 나의 사명은 '다른 사람을 돕는 사람'이라고 혼자 정했다. 나폴레온 힐의 "행복이 존재하지 않는 성공이란 없으며 다른 사람에게 행복을 나눠 주지 않으면 자신도 행복을 느낄 수 없는 법이다"라는 말 때문에 그런 것이 아니다. 그렇게 깊은 뜻 때문이 아니고, 원초적인 이유 때문이다. 돌이켜 보면 나는 항상 누군가의 '수고'로 살았다. 나는 지금까지 여러 사람들의 도움을 기반으로 살았다. 다른 사람들은 그게 친부모님일 가능성이 크겠지만, 나는 너무 다양하다.

행복이 존재하지 않는 성공이란 없으며
다른 사람에게 행복을 나눠 주지 않으면
자신도 행복을 느낄 수 없는 법이다.

친부모님 덕분에 태어났다. 나를 안 태어나게 할 수도 있었을 텐데, 본인이 할 수 있는 최선을 다해 나를 태어나게 한 것이라 생각한다. 어쩐 일인지 친부모님과 헤어지게 되었지만 누군가의 도움 덕분에 고아원에서 살게 되었다. 고아원을 가지 않았다면 나는 이미 죽었을 것이다.

고아원의 보육 교사와 사회 복지사 덕분에 다섯 살까지 살게 되었다. 다섯 살 이후로는 양부모님을 만나서 그들의 훈육과 재산에 기대어 살았다. 양부모님 때문에 눈물 속에서 아동·청소년기를 보냈지만, 엄격한 훈육과 통제 덕분에 사회 밖이 아닌 사회 속의 인간으로서 입장권을 얻었다고 굳이 긍정적인 이유를 찾아본다.

그렇게 나는 많은 사람들의 힘을 빌려서 살아남았다. 예쁘지도 않고, 성격도 모나고, 욕심 많고, 이기적인 나를 사랑해 준 친구들과 직장 선배들, 그리고 누군지 하나하나 기억나진 않지만 그들이 해준 칭찬과 인정의 말, 따스함이 없었다면 나는 한 인간으로 살아남지 못했을 것이다.

처음 취업했을 때도 대학교 교수님 덕분에 취업했고, 그 직장을 지금까지 19년간 다니고 있다. 양부모님 집에서 나올 때도 남편의 강력한 끌어당김이 있었는데, 남편과 만나게 된 것은 교회 권사님의 소개 덕분이니 나는 이렇게나 많은 사람의 도움을 받았다. 그들은 아마 모를 것이다. 본인들의 도움, 손 내밂, 말 한마디가 나를 하루씩 살게 했고, 결국 40년을 사는 힘이 된 것을.

나는 아는 당신.

맞아요. 바로 당신 덕분이에요.

나는 확실히 안다. 내가 빈 몸으로 왔다는 것을. 내가 처음 양부모님 집으로 가는 차를 타던 날, 내 짐은 아무것도 없었다. 양부모님이 사온 옷을 걸친 내 몸뚱이말고는 아무것도 따라오지 않았다. 내가 가지고 있는 것은 모두 내 것이 아니다. 내가 잠시 빌려서 사용하고 있을 뿐이다. 나에게 도움을 준 사람들에게 언젠가는 이자까지 쳐서 다 갚아야 함을 인식하며 살고 있다.

나는 돈에 욕심이 없다. 양부모님은 한때 꽤 부유했다. 선대로부터 물려 받은 재산은 없었지만, 양아버지가 사업을 크게 하면서 1980년대 후반에 이미 한 달에 500만 원이 넘는 수입이 있었다고 한다. 말 그대로 자수성가한 것이다.

양부모님은 돈이 많을 때도 매일같이 싸웠다. 물론 돈이 없을 때도 매일같이 싸웠다. 그래서 돈이 있다고 행복한 것도 아니고, 돈이 없다고 불행한 것도 아니라는 것을 일찍 알게 되었다. 돈이 있다면 단지 선택지가 몇 개 늘어나는 것 정도일 뿐이다. 돈은 내 삶에서 그렇게 큰 영향을 끼치지 않는다.

나폴레온 힐의 《성공의 법칙》이라는 책이 있다. 이 책을 쓰기 위해 저자는 1만 6,000명에 달하는 다양한 직업과 계층의 사람들을 만났고, 그중 최고로 성공했다고 평가되는 507

명을 직접 인터뷰해 그들이 성공할 수밖에 없는 이유를 찾아내어 성공의 공통분모를 연구했다. 저자는 성공을 갈망하는 현대인에게 딱 열다섯 가지 조언을 하는데, 그중 한 가지가 "남의 성공을 도와주는 것이 바로 당신이 가장 크고 빠르게 성공하는 길이다"라는 것이다. 처음에는 이해가 되지 않았다. 다른 사람들을 이용해야 빨리 성공하는 것이 아니고, 다른 사람의 성공을 도와주는 것이 가장 크고 빠르게 성공하는 길이라니.

나는 어릴 때 내 삶을 다른 사람들을 위해 나누겠다는 서약을 한 적이 있다. 그래서 사회 복지사로 일하면서 매달 후원 나눔을 하고 있다. 또 1년에 서너 번은 헌혈 나눔을 한다. 작가가 되어 책을 발간한 후에는 인세 나눔을 하고, 독서법 강의를 시작하면서는 열 번 유료 강의를 할 때마다 한 번씩 재능 기부 강의 나눔을 하고 있다. 이렇게 하는 것은 내가 착해서가 아니라, 내가 가진 모든 것이 내 것이 아니라 누구인지 이름 모를 수많은 사람들에게 빚진 것이기 때문이다. 내가 빚진 사람들이 누구인지 특정할 수 없어서, 나만의 방식으로 사회에 빚을 갚고 있는 것이다.

그런데 무료 강의를 할 때마다 신기한 일이 생겼다. 내가 무료 강의를 가면, 무료 강의를 들은 분이 본인이 속한 다른 모임에 나를 강사로 다시 초청해 주시고, 또 새로운 곳에 나를 강사로 추천하면서 다시 만나게 되는 일이 계속 이어지는 것이다. 빚을 갚으려 시작한 일이 자꾸 새로운 빚을 지는 일로 되돌아온다. 나는 그저 다른 사람들이 책을 잘 읽을 수 있도록 돕고 싶어서 내 재능을 나누었을 뿐인데, "남의 성공을 도와주는 것이 바로 당신이 가장 크고 빠르게 성공하는 길이다"라는 말을 실제로 경험하게 되었다. 확증 체감의 법칙이라고 할까?

남의 성공을 도와주는 것이
바로 당신이 가장 크고 빠르게 성공하는 길이다.

앞으로도 다른 사람의 성공을 도와주는 더욱더 구체적인 행동을 고민해 보려고 한다. 지난 시간 동안 진 빚을 앞으로 살아갈 날 동안에 다 갚을 수 있을까? 이 빚을 다 갚으면 내가 태어난 이유에 대해 좀 더 확실한 답을 얻게 될지 궁금하다.
이것 또한 나를 치유하는 방법이다.

18

내가 살아가는 사회

《아픔이 길이 되려면》

김승섭, 동아시아, 2017

✦

《아픔이 길이 되려면》은 왜 몇몇 질병은 특정 인구학적 특성을 가진 사람들에게 많이 나타나는지 데이터 분석을 통해 사회적 원인을 밝혀 가는 책이다. 혐오, 차별, 고용 불안, 실직, 참사, 다문화 등이 개인의 몸에 어떤 영향을 미치는지 사회 역학자의 입장에서 풀어 간다.

저자 김승섭 교수는 보건 대학 석·박사 출신의 교수이자 사회 역학자이다. 천안 소년 교도소에서 공중 보건 의사로 일하며 재소자 인권에 관심을 가지게 되었고, 결혼 이주 여성이나 비정규직 노동자, 성 소수자와 같은 사회적 약자의 건강과 사회의 관계에 대한 연구를 계속하고 있다.

연구 주제들과는 달리 저자는 사회적으로 성공한 사람이다. "명문대, 심지어 서울 대학교와 하버드 대학교를 나오고 지금도 교수인데 왜 이런 사회 문제에 관심을 가지는 건가요?"라는 질문에 "그냥"이라고 대답하는 좀 쿨하고 멋진 사람이다.

김승섭 교수는 '그냥' 사람에게, 사회 문제에 관심이 간다고 한다. 저자가 개인과 사회의 관계를 어떻게 보는지 책 속에서 그의 가치관이 잘 드러난다. 그는 "사회적 원인을 가진 문제를 해결하기 위해서는 사회적 해결책이 필요하다"라고 말한다. "인권이 무엇인지는 잘 모르겠지만, 공동체의 수준은 한 사회에서 모든 혜택의 사각지대에 놓인 취약한 사람들을 어떻게 대하느냐에 따라 결정되는 것이라고요. 조심스럽지만, 지금도 그렇게 생각합니다"라고 겸손하게 말한다.

공동체의 수준은 한 사회에서
모든 혜택의 사각지대에 놓인 취약한 사람들을
어떻게 대하느냐에 따라 결정되는 것이라고요.

저자는 책 속에서 다양한 사회 이슈들을 아카이빙 (archiving, 특정 기간 동안 필요한 기록을 파일로 저장 매체에 보관해 두는 일)한다. 내가 처음 이 책을 읽었을 때는 진행형이었던 사회 문제가, 두 번 세 번 다시 읽는 사이 해결되었다. 그중 한 가지는 쌍용차 노조 문제가 전원 복귀로 몇 년 만에 해결된 것이다. 내가 기억하기로 이러한 사회 문제가 해결된 경우는 거의 처음 같다. 해고되었던 직원들 중 서른여 명이 죽어서 지속적으로 이슈화되었기 때문일까? 이런 책이나 뉴스에서 계속 언급하며 사람들이 기억하게 만들었기 때문일까? 아니면 대통령이 바뀌고 정권에서 관심을 가지는 사안이었기 때문일까?

이 문제를 쌍용차라는 회사를 다니던 직원의 실업이라는 개인적인 고통에서 끝내지 않고 사회의 공동 문제로, 사회의 고통으로 접근하는 저자의 관점이 많은 생각을 하게 한다. 책의 부제인 '정의로운 건강을 찾아 질병의 사회적 책임을 묻다'에서 이 책을 통해 저자가 하고 싶은 말이 잘 보인다.

그동안 우리는 사회적 질병들을 개인의 문제로 두고 스스로 해결하도록 했다. 개인이 해결할 수 없다면, 가족들에게 1차 책임을 묻는다. 사회에서 가장 어려운 계층인 기초 생활

수급자를 선정하는 과정에서도 그들이 소유한 재산과 함께 부양 의무를 지닌 자녀, 사위, 며느리의 월급과 재산을 살펴보고 탈락 여부를 결정한다. 개인의 문제를 각자 혹은 가족 단위에서 알아서 해결하라는 암묵적 연대 책임의 명시화이다. 다행히 최근 들어 부양 의무자 기준이 폐기되었다. 사회적 질병의 책임은 사회에 있다는 저자의 주장과 같은 맥락에서 환영하는 바이다.

책에선 또 다른 사회적 이슈로 소방 공무원, 교도관의 인권을 이야기한다. 나도 사회 복지사로 일하다 보니 공감되는 부분이 많다. 예전에는 '클라이언트'의 인권에 대한 이야기만 주로 했다. 클라이언트의 인권을 지켜야 하는 것이 1순위여서 거꾸로 클라이언트로부터 고통받거나 인권을 침해당하는 사회 복지사의 이야기를 꺼낼 수가 없었다. 그런 말을 하면 이기적인 사회복지사, 자기 생각만 하는 직장인으로 치부되었지만 지금은 달라졌다. 개인 차원의 대처를 넘어서 소속 기관에서, 협회 차원에서, 그리고 사회 차원에서 감정노동자 문제를 어떻게 대처할 것인지에 관한 이야기로 점점 확대되고 있다.

그럼에도 인권에 대한 교육을 받아 보면 여전히 첫 번째 해결책으로 개인의 윤리적 감수성, 인권에 대한 감수성을 먼저 말한다. 실질적인 해결책보다는 관념적으로 스스로 예방하고 조심하자는 구호에만 그치는 것은 아닌지 염려가 된다.

저자는 아름다운 사회를 이렇게 정의한다. "아름다운 사회는 나와 직접적으로 관계가 없는 타인의 고통에 대해 예민한 사람들이 살아가는 사회, 그래서 열심히 정직하게 살아온 사람들이 자신의 자존을 지킬 수 없을 때 그 좌절에 함께 분노하고 행동할 수 있는 사회라고 생각해요."

아름다운 사회는 나와 직접적으로 관계가 없는
타인의 고통에 대해 예민한 사람들이 살아가는 사회,
그래서 열심히 정직하게 살아온 사람들이
자신의 자존을 지킬 수 없을 때 그 좌절에 함께
분노하고 행동할 수 있는 사회라고 생각해요.

저자의 말을 들으며 '사회란 무엇인가?', '내가 관심 있는 사회 문제는 무엇인가' 다시 생각해 본다. 사회라는 것도 결국은 개인의 구성일 뿐이다. 사회는 인격이 없는 구조일 뿐 결국 일을 하는 것은 사람이다. 우리가 살아가야 할 지구가 공동체라는 이야기는 어릴 적부터 들었지만, 내 삶이 아파서 실감 나지 않았다. 저자가 책에서 말하는 '사람들'이 주로 소외된 사람, 어려운 사람이라고 생각했는데, 다 읽고 보니 관련 없는 사람이 얼마나 될까 하는 생각이 들었다. 나도 이혼 가정의 자녀에다 입양아이고, 양부모님과 시부모님은 노인이며, 우리 아이들은 미취학 아동·청소년이고, 남편은 당뇨병이 있는 만성 질환자라고 생각해 보니, 그냥 우리들의 이야기이다.

내가 사회 복지를 선택하고, 사회 문제에 노출된 사람들과 오래 만나다 보니 오히려 타인의 고통에 무뎌지고 있었다는 자기반성을 해본다. 그렇지 않으면 '사회적 질병은 사회적 해결책을 찾아야 한다'는 저자의 말도 결국 우리의 어려움을 우리가 함께 해결하자는 당연한 이야기가 되어 버린다.

나는 그동안 나를 스스로 치유하려고만 했다. 그렇지만 내가 나를 스스로 치유할 수 없을 때, 공동체가 함께해 주면 좋겠다는 생각을 처음 하게 되었다. 우리 사회가 나 자신과 내가 만나는 사람들뿐만 아니라 나와 직접적인 관계가 없는 타인의 고통에도 예민하고 민감해질 수 있기를 바란다. 민감성을 깨워 주는 이런 책들이 너무 소중하다.

19

애어른과 어른아이

《논어》

공자, 홍익출판사, 2020

✦

《논어》를 읽고 있는데 회사 신입 직원이 와서 묻는다. "부장님은 젊었을 때부터 책을 많이 읽었어요?" 그 질문에 답을 말하지 않고 "나 아직 젊은데?"라고 엉뚱한 답을 되돌려 준다. 당황한 직원이 "네, 맞습니다. 부장님 아직 젊으시지만, 아니, 어릴 때? 아니, 신입 직원 때도 책을 많이 읽으셨어요?"라고 다시 묻는다. "농담이야" 하고 웃으면서 "어렸을 때도 책 읽기를 많이 좋아했어요. 그런데 직장 생활 시작하면서는 잘 안 읽었는데, 결혼하고 아이 키우다 보니 의욕도 소진되고 힘든 일도 있어서 다시 읽게 되었어요"라고 대답한다.

신입 직원과의 대화에서 나이를 체감한다. 마흔이니 이제는 진짜 어른이다. 열여덟, 열아홉 살 때는 정말 어른이 되고 싶었다. 생일이 빨라서 학교를 1년 일찍 들어가 친구들보다 주민 등록증을 늦게 받으니 친구들보다 늦게 어른이 된 것 같았다. 스물, 서른, 마흔… 명실공히 어른인 나이가 되니 어른이라는 말에 내포된 책임과 의무가 무겁게 다가온다. 어른이 되고 나니 오히려 어린 시절이 참 좋았구나, 왜 그렇게 빨리 어른이 되고 싶었을까, 왜 어린 시절을 충분히 누리지 못했을까 하는 생각이 든다.

　　어린 시절 기억 하나.

　　지금 보니 29평짜리 보통 집이었지만, 내 기억 속에선 넓디넓었던 두 번째 집에서 있었던 일이다. 현관문 바로 옆에는 내 방이 있었고, 넓은 거실을 지나 제일 안쪽에는 안방이 있었다. 어느 날, 바람 소리에 잠이 깼는데 창문 너머로 보이는 나뭇잎 무늬가 도깨비 같았다. 창문에 비친 피아노 덮개는 하얀 귀신 소복처럼 보였다. 소리 내서 누구라도 부르고 싶은데 큰 목소리에 귀신이 내 존재를 알아채고 덤빌까 봐 겁이 났다. 나는 불을 끈 채로 거실을 지나 안방으로 살금살금 걸어갔다.

안방 문을 살짝 여니, 깊이 잠든 양어머니와 양아버지가 보인다. 숨소리가 안 들리는 것 같다. 혹시 두 분이 죽은 것은 아닌가 싶어서 조용히 가서 코 쪽으로 내 귀를 기울여 본다. 곤히 자는 숨소리를 들으니 살아 있구나 싶어 안심이 된다. 다시 내 방에 가서 이불을 머리끝까지 뒤집어쓰고 잠들려 노력해 본다. 자고 일어났는데 양부모님이 다 죽어 있으면 어떡하지? 나는 어떻게 살아야 하지?

어린 시절 이런 걱정을 자주 하곤 했다. 지금 양어머니와 양아버지 두 분 모두 팔십 세가 넘도록 저렇게 건강하게 잘 살고 있다는 것을 생각하면, 쓸데없는 걱정을 참 많이도 했구나 싶다.

나는 어려서부터 왜 그렇게 어른처럼 생각하고 살아야 했었나. 그 시절의 나에게 어린 시절을 돌려주고 싶다. 아이였을 때는 어른 아이처럼 생각하고 살았는데, 어른이 되니 어린 시절에 아쉬움이 남는다. 이런 걸 보면 사람은 한 치 앞을 모르고, 인생은 참 아이러니하다.

거꾸로 내가 애어른이 아니라, 진짜 어른이라고 느꼈을 때는 언제인가 생각해 보니 처음 명함이 생겼을 때, 월급을 받았을 때, 신용 카드를 발급받았을 때, 집을 사고 재산세가 나왔을 때 등 전부 사회 생활과 관련이 있다. 아이를 낳고 퇴원 후 집에 와서 세상에 아이와 나 단둘만 남겨진 것 같았을 때, 남편이 늦게 오는 날 잠든 두 아이를 보면서 책임져야 할 부양가족이 있구나 하고 책임감을 실감했을 때 내가 진짜 어른이 된 것 같았다.

어른이라는 건 자립력을 가진 존재라고 생각하니 양부모님이 반대하는 대학을 진학했을 때, 양부모님이 반대하는 회사에 취업했을 때, 양부모님이 반대하는 결혼을 했을 때 그때부터 어른이 되었다는 생각이 든다. 반대에도 불구하고 대학을 갔고, 그 대학 덕분에 취업해서 직장을 다니고 있고, 남편과 10년 넘게 살고 있으니 어른스럽게 결정하고 그 결정에 따른 책임과 의무를 다하며 잘 살았다 자족해 본다.

삼십 대에 들어서면서부터 나는 나이 먹어 갈수록 좋다는 생각을 하게 되었다. 십 대, 이십 대에는 치열하게만 살았다. 사회로부터, 이상한 사람들이나 변태로부터, 치열한 경쟁으로부터 나를 보호하기 위해서 과도하게 애를 썼다. 어른인 척하며 살았다. 그러다 결혼하고 아이를 낳고 나서야 좀 편안해진 느낌이다. 세상에 나 혼자인 줄 알았는데 남편이라는 내 편이 생겼고, 아이들은 엄마라는 이유로 넘칠 듯한 신뢰와 사랑을 보내 준다. 회사에서는 신입 사원에서 부장이 되었고, 사회에서는 약자인 여성에서 여자 '사람'으로 신분이 조금 달라진 기분이랄까?

그렇지만 여전히 예전 실수들을 떠올리면서 내가 왜 그랬을까, 자책하고 결정을 후회하는 일도 많다. 때론 어른인 것 같다가도, 때론 아닌 것 같기도 하니 나는 아직 어른이 되어 가는 중인가 보다. 공자님께서 말씀하시길 마흔이면 유혹에 흔들림이 없는 '불혹'이라고 한다. "지혜로운 사람은 미혹되지 않으며, 어진 사람은 근심하지 않으며, 용감한 사람은 두려워하지 않는다"라고 하는데, 난 왜 아직도 유혹에 흔들릴까. 어떨 때는 전보다 더 행동거지가 가벼운 느낌이다.

지혜로운 사람은 미혹되지 않으며,
어진 사람은 근심하지 않으며,
용감한 사람은 두려워하지 않는다.

누가 인생은 저글링이라고 했다. 건강, 가족, 일, 자기 계발, 인맥이 모두 저글링 중인 유리구슬 같아서 하나라도 놓치면 깨져 버릴까 봐 아무것도 못 놓고 살았는데, 그중에는 다시 튀어 오를 수 있는 고무공도 섞여 있다는 것을 이제 조금씩 깨달아 간다.

놓쳐서 가장 안타까웠던 유리구슬은 바로 '사람'이다. 그동안 했던 실수 중에서 가장 안타까운 실수는 두고두고 생각해 봐도 사람을 잃는 실수였다. 사람에게 상처를 주고 떠나보냈던 실수는 지금도 얼굴을 화끈거리게 한다. 굳이 그렇게 나쁜 말, 모진 말을 하지 않았어도 되었을 텐데, 왜 그랬을까…. 그동안 어른이 덜 되어서 참 많은 사람들을 놓치고, 상처 주고, 떠나보냈다. 그러고 보면 어른이 된다는 건, 사람 귀한 줄 알게 되는 것이라는 생각이 든다.

지혜로운 사람은 사람을 잃지 않는다.

"지혜로운 사람은 사람을 잃지 않는다"라는 공자의 말을 필사하며, 되뇌며, 오래오래 기억하려 노력해 본다. 지혜로운 어른이 되고 싶다.

20

2인칭 죽음

《주역강의》

서대원, 을유문화사, 2008

초콜릿을 주고받는 밸런타인데이.

퇴근길에 남편과 아들 둘에게 줄 초콜릿을 사가야겠다고 생각하고 있던 오후 3시 15분, 모르는 번호로 전화가 걸려 왔다. 대학 병원 응급실이었다. 양아버지가 갑자기 쓰러졌는데 내 연락처를 알려 줬다며 빨리 오라고 했다. 양아버지는 전철을 타러 나왔다가 전철역 화장실에서 못 일어나겠다고 스스로 119에 전화를 걸어 병원 응급실로 실려 온 상태였다.

원인은 급성 심근 경색. 심장으로 가는 세 개의 굵은 혈관 중 두 개가 막혀서 응급 시술이 필요하다고 보호자란에 사인을 하라고 한다. 소생실로 양아버지가 옮겨졌다. 텔레비전에서나 보았던 장면이 눈앞에 펼쳐졌다. 수십 명의 의료진이 우르르 몰려오고, 옷을 가위로 자르고, 전기 충격기가 왔다 가고, 주삿바늘을 꽂고, 눈에 불을 비춘다.

의사가 와서 묻는다.

"평소에 드시는 약이 있나요?"

"당뇨 약 먹어요."

"정확한 약 이름을 아나요?"

"아뇨, 몰라요."

"또 다른 약 드시는 거 있나요?

"같이 안 살아서 잘 몰라요."

"다니는 병원에 연락해서 약 이름 알아 오세요."

"다니는 병원이 어딘지 모르는데요?"

의사는 아무 소득 없이 소생실로 돌아갔다. 토사물과 피로 범벅된 소지품을 뒤집어 보니 지갑에서 병원 카드가 나왔다.

"의정부 병원에 다니시네요. 저희가 전화해서 약 알아볼게요."

잠시 후에 의사가 다시 와서 묻는다.

"혹시 아버님이 틀니 사용하시나요?"

"아니요. 아닐걸요?"

잠시 후 의사가 나와서 통을 하나 준다.

"아버님 틀니 사용하시네요. 여기 보호자분이 보관하세요."

"틀니요? 아, 몰랐네요."

의사가 또 묻는다.

"평소에 심장이 답답하다 이런 말을 하셨나요?"

"잘 모르겠는데요?"

몇 번의 대화가 오갔음에도 불구하고 내가 양아버지에 대해 알려 줄 수 있는 것은 없었다. 응급 시술 후 정신이 돌아온 양아버지는 시술실로 실려 갔다. 의사가 와서 법적인 딸인 나에게 시술 동의서에 사인을 하라며 "시술 중 위험할 수 있습니다"라고 말했다. 양아버지의 생명이 내 손에 달린 듯한 기분이었다.

양아버지가 시술을 받는 동안 여러 가지 생각이 머릿속을 오갔다. '스스로 119에 전화해서 병원에 오시다니, 다행이다' 라는 생각과 함께 '아버지 연세면 병으로 오래 아프다가 돌아가시는 것보다는, 차라리 이렇게 갑자기 돌아가시는 게 낫지 않을까?'라는 마음이 왔다 갔다 했다. 죽음이 바로 코앞을 지나가는 순간이었다.

죽음에는 세 가지 종류가 있다고 한다. 첫 번째 '1인칭 죽음'은 나의 죽음, 이것은 내가 이미 죽은 후이니 나에게 아무런 타격을 주지 않는다. 두 번째 죽음은 나와 상관없는 사람들이 죽는 '3인칭 죽음', 이것 역시 나에게 큰 영향을 끼치지 못한다. 세 번째 죽음은 내가 사랑하는 사람이 죽는 '2인칭 죽음'. 직접적인 고통과 슬픔을 주는 유일한 죽음이기에 1인칭 죽음도, 3인칭 죽음도 아닌 2인칭 죽음만이 나에게 영향을 끼칠 수 있다. 양아버지의 죽음을 3인칭 죽음으로 보는 냉정한 내 모습에 순간 움찔했다가, 이성적으로 생각하는 거라며 스스로를 속여 본다.

죽음에는 세 가지 종류가 있다.
1인칭 죽음과 2인칭 죽음, 3인칭 죽음.

《주역강의》를 보니 "좋은 인생과 나쁜 인생은 언제 판명되는가? 끝나 봐야 안다"라는데, 양아버지의 삶은 어떠했는가 생각해 본다. 양아버지는 응급실에서 의식이 없었던 순간에 어떤 마음을 가졌을까? '다시 건강하게 오래 살고 싶다'라는 마음을 가졌을까, 아니면 '이만하면 됐다, 이제 갈 때가 됐다'라고 생각했을까? 중환자실에서 하룻밤, 집중 치료실에서 두 밤, 병실에서 두 밤, 병원에서 다섯 밤을 지낸 양아버지는 놀라운 회복력을 보이며 퇴원했다. 양아버지는 이제 아침마다 열 개가 넘는 알약을 평생 먹어야 한다.

좋은 인생과 나쁜 인생은 언제 판명되는가?
끝나 봐야 안다.

다행히 양아버지는 퇴원했지만, 의료 기술이 발달하며 '죽었지만 죽지 못하는 사람들'이 늘어난다. 병원에 몇 년째 누워 계셨던 모 기업의 이 회장님은 무슨 생각을 했었을까? 누구를 위해, 무엇을 위해 그분은 몇 년을 산소 호흡기를 끼고 살았지만 죽은 듯이, 죽었지만 살아 있었던 걸까? 《주역강의》에서 말하듯 "적절한 때에 아름답게 물러나기 위해서는 강한 의지와 신념이 필요"하다. 그리고 "물러날 때는 당연히 과감하게 물러나야 한다. 문제는 그때가 언제인가를 알아차리는 일"이라는 말에 공감한다. 양아버지를 보면서, 연명 치료를 거부해야겠다는 생각이 들었다. 양아버지가 아니라 '나' 말이다. 잘 사는 것보다, 잘 죽어야겠다. 물론 태어난 것도, 죽는 것도 선택할 수 없는 것이 자연의 이치라지만, 그래도 죽는 것 정도는 선택할 수 있게 기회를 주는 것이 어떨까?

나는 연명 치료를 거부한다. 나는 안락사에 동의한다. 내가 의식 없이 혹은 치매에 걸려서 나를 잃어버린 채로 살아야 한다면, 차라리 아름다운 기억만 남기고 가는 것이 좋지 않을까? 의식 없이 몸만 살아 있는 것이 무슨 의미가 있을까? 옛 어른들은 죽을 때가 되었는데 계속 살아 있다고 생각이 들면 가만히 곡기를 끊었다고 한다. 요즘은 곡기를 끊으려 해도 링거로 영양분을 자꾸 넣어 주니 참 죽기도 어렵겠다. 사는 것도 어렵고 죽는 것도 어려운 시대라는 생각이 드는 건 왜일까?

나의 죽음은 누구에게 2인칭 죽음이 될까….

21

자유를 꿈꾼다

《자유론》

존 스튜어트 밀, 책세상, 2018

✦

'전안나'를 관통하는 키워드는 '자유'이다.

십 대에는 부모님으로부터의 자유, 학교로부터의 자유를 꿈꿨다. 이십 대와 삼십 대에는 나만 쳐다보는 아이들과 남편, 시댁, 친정으로부터의 자유를 꿈꿨다. 다행히 결혼을 하면서 부모님과 학교로부터의 자유를 얻었고, 아이들이 학령기가 되면서 기저귀를 갈아 주거나 이유식을 해주지 않아도 되는 자유를 얻었다. 그렇게 원하던 자유를 한번 얻어 보니, 이제는 더 많은 자유를 꿈꾸게 된다. 아니 내 삶이 자유로웠으면 좋겠다는, '자유' 그 자체를 희망하게 된다. 그래서 《자유론》이라는 책을 펼쳐 든 것인지도 모르겠다.

나는 비관적 현실주의자이다. 세상이 아름답다고 낙관하지 않는다. 하지만 그렇다고 막사는 비관 주의자도 아니다. 세상은 아름답지 않지만, 한 번뿐인 내 인생 인간답게 주도적으로 살아 보고 싶을 뿐이다. 《자유론》에서 존 스튜어트 밀은 "자기 자신, 즉 자신의 몸과 정신에 대해서는 각자가 주권자인 것"이라며 자유를 설명한다. 그는 개별성이 상실되는 사회에서 '자유'의 진정한 의미를 말하지만, 내가 원하는 자유는 1차원적인 '신체'의 자유다. 자유 민주주의 대한민국 국민인 나는 왜 아직도 내 삶의 주권자라는 생각이 안 들까? 나는 왜 아직도 자유롭지 않다고 생각할까?

자기 자신, 즉 자신의 몸과 정신에 대해서는
각자가 주권자인 것이다.

나는 신체의 자유를 원한다.

대학 졸업 후 바로 입사한 첫 직장을 19년째 다니다 보니, 만 2년마다 연차 휴가가 하나씩 늘어서 이제는 한 해에 쓸 수 있는 휴가가 15개에서 23개가 되었지만, 이것으로는 자유를 꿈꾸기 어렵다. 워킹맘의 휴가는 내 것이 아니고 아이들, 가족의 것이기에….

　한동안 익숙한 곳을 떠나 새로운 곳에서 살아 보는 '한 달 살기'가 유행했는데, 나는 서울 말고는 한 달을 살아 본 도시가 없었다. 나는 '도시녀'라고 생각했는데 알고 보니 '서울 촌년'이었던 거다. 그래서 버킷리스트 중에 '낯선 도시에서 한 달 살기'가 있다.

　'한 달 살기'를 해본다면 예술이 숨 쉬는 도시에 가보고 싶다. 너무 짧게 다녀와서 아쉬움을 주었던 영국, 일본, 네덜란드, 프랑스를 다시 돌아보고 싶다.

　차분하고 우울하면서도 오래된 건축물이 주는 울림이 있던 영국이 가장 먼저 생각난다. 대중교통이 편했던 점과 쇼핑하기 좋았던 점도 좋았고, 박물관이 무료인 것도 매력적이고 〈오페라의 유령〉도 다시 보고 싶다. 영국은 도시 전체가 박물관 같은, 기분 좋은 오묘함을 준다.

　일본 나오시마는 '예술의 섬'이라는 별칭답게 섬 전체가 박물관 같았다. 빈집을 개조한 '이에 프로젝트'나, 작품과 건축이 혼연일체 된 제임스 터렐의 작품을 체험하는 것도 좋았고, 세계적인 건축가 안도 다다오가 설계한 호텔은 마치 미술관에서 잠을 잔 것 같아 좋은 기억으로 남았다. 일본식 정찬인 가이세키도 고급스러웠다. 내 인생에 언제 이런 호사를 누려 보나 싶은, 성공한 사람 같은 기분이 들었다. 반나절도 채 돌아보지 못했던 네덜란드에 있는 반 고흐 미술관과 프랑스 루브르 박물관도 다시 찬찬히 보고 싶다.

사실은, 그냥 한 달을 살고 싶다는 의미보다는 문화 인류학적 여행을 해보고 싶다. 여행이 아니라 적게는 몇 개월, 많게는 몇 년 동안 현지에 거주하면서 현지인들의 삶에 깊게 녹아드는 삶을 살아 보고 싶다. 그러나 현실은 직장도 아이도 마음에 걸려서, 약소하게 한 달 살기로 목표를 낮추어 본다. 그나마도 회사를 퇴사하기 전에는, 가족의 동의를 얻기 전에는 꿈일 뿐이다.

내가 원하는 두 번째 신체의 자유는 '명절'로부터의 자유이다. 결혼하기 전에도 우리 집이 큰집이라 손님들이 찾아와 명절 며칠 전부터 음식을 하고, 명절 당일에는 수십 명 어른들의 밥을 해먹이느라 식모처럼 일했는데, 결혼한 후에도 시댁에 가서 똑같은 일을 하고 있다.

한가위 보름달을 보면서 소원을 빌어 본다. "명절을 나 혼자 보내게 해주세요." 아이들과 남편은 시가에 가서 행복하게 보내고, 나는 평화로운 우리 집에서 혼자 조용히 쉬면서, 책 읽으면서, 책 쓰면서 온전히 나를 위한 명절을 보내는 것이 내 한가위 소원이다.

내가 꿈꾸는 세 번째 신체의 자유는 '1년간 도서관에서 살아 보기'이다. 돈 걱정 없이, 애들 밥해 줄 걱정 없이, 아침부터 저녁까지 책만 읽으며 도서관 공기로만 폐를 가득 채우고 싶다. 《자유론》에선 "다른 사람에게 해를 끼치지 않는다면 개인의 자유는 절대적으로 보장되어야 한다"라는데 내가 한 달간 여행을 가고, 명절에 시가를 가지 않는다면, 도서관에서 1년을 산다면 다른 사람에게 해를 끼치는 것일까 아닐까? "제발 아니라고 해"라고 존 스튜어트 밀의 멱살을 붙잡고서라도 물어보고 싶다.

다른 사람에게 해를 끼치지 않는다면
개인의 자유는 절대적으로 보장되어야 한다.

"그저 좋아하는 것을 하고 있을 때 인간은 자유롭지 않다. 인간은 오직 내면 가장 깊은 곳의 자기가 좋아하는 것을 할 때만 자유롭다. 그리고 내면 가장 깊은 곳의 자기에 도달하는 길이 있다. 그것은 뛰어드는 것이다"라고 영국 작가 D. H. 로렌스가 말했다.

정신의 자유를 위해서는 신체의 자유가 함께 가야 하는데, 어쩌면 내 신체가 떠나지 못하게 하는 것은 '정신'의 문제인지도 모르겠다. 정여울 작가가 말하길 "진정한 독립은 경제적 독립뿐만 아니라 타인의 시선에서 독립하는 것"이라 했는데, 그렇다면 내가 진정으로 원하는 것은 자유인가, 아니면 독립인가? 여기서부터 다시 생각을 해야 한다.

꿈은 자유니, 크게 꿈꿔 본다.

낯선 도시에서 맞이할 한 달을.

나 혼자 온전히 보낼 명절 연휴를.

도서관에서 살아 볼 어느 1년을.

동시에 자신의 몸과 정신에 대해 '온전한 자유자'로서 '온전히 독립'하는 날을 꿈꿔 본다.

4부

Remember

Feeling

Thinking

Action

22

살기 위해 읽다

《수전 손택의 말》

수전 손택·조너선 콧, 마음산책, 2015

"나란 사람은 지금까지 만나 온 사람들의 일부"라고 어느 시인이 말했다. 나는 오히려 '나란 사람은 지금까지 만나 온 책의 일부'라고 말하고 싶다. 나는 사람보다 책에서 더 많은 영향을 받았다. 왜 나에게는 사람보다 책이 더 큰 영향을 끼쳤을까 생각해 보니, 사람에게 받은 상처가 많아서 사람을 잘 믿지 못하는 나의 기질적인 특성과 내향적이고 비사교적인 성격 때문인 것 같다.

"엄청난 양을 읽었는데 상당 부분은 무념무상으로 읽었죠. 전 사람들이 TV를 보듯이 책 읽기를 즐겨요. 읽다가 잠들기도 하고요. 우울할 때 책을 한 권 집어 들면 기분이 좋아져요"라는 수전 손택의 말처럼 나도 그랬다.

엄청난 양을 읽었는데 상당 부분은 무념무상으로 읽었죠.
전 사람들이 TV를 보듯이 책 읽기를 즐겨요.
읽다가 잠들기도 하고요.
우울할 때 책을 한 권 집어 들면 기분이 좋아져요.

나는 그동안 살기 위한 생존 독서를 했다. 처음 독서를 시작한 것은 초등학교 1학년 여름방학, 교통사고로 병원에 한 달 동안 입원했을 때이다. 매일 먹고 자는 것 말고는 할 것이 없어서 너무 심심해하자, 양아버지가 한 달 동안 읽으라고 서른 권짜리 위인전을 가져다주셨다. 할 일이 없어서 아침 먹고 책 읽고, 점심 먹고 책 읽고, 저녁 먹고 책 읽고, 자다 깨서 책을 읽었더니 며칠 만에 가져다주신 책을 다 읽었다. 그 뒤로 양아버지께서는 퇴근길에 병원에 들러서 새 책을 가져다주고, 내가 읽은 책을 다시 가지고 가는 일을 한 달 동안 반복하셨다. 병원 생활을 마치고 퇴원하자 내 방엔 책이 가득했다.

병원에서 시작한 독서는 나의 유일한 취미이자 친구가 되었다. 초등학교 1학년 이후 내가 가장 오래 머무는 곳은 책상 앞이었다. 슬플 때도, 위로가 필요할 때도, 아플 때도 책만 펼치면 그 순간에는 현실을 멈출 수 있었다. 양부모님이 잠든 밤부터 새벽까지 책상 앞에서, 심지어 이불 속에서도 책을 읽었다. 그러면 수전 손택이 말한 '무중력 상태'처럼 책과 나만 존재하는 세상이 찾아왔다.

부모가 없다는 것, 입양되었다는 것, 학대를 받는다는 것… 어린 시절에는 그것들이 나를 죽음으로 몰아넣었다. 그런 나를 살려 준 것이 바로 '책'이었다. 책을 읽는 순간에는 고아에다 양어머니에게 아동 학대를 받는 전안나가 아니라, 부모님을 다시 만나는 소공녀가 되었다가 입양된 집에서 사랑받는 빨간 머리 앤이 되었다. 요리를 하고, 집안 청소를 마친 뒤 다시 책을 펼치면 나는 나라를 세운 이성계가 되었다가, 충절을 지키는 정몽준이 되었다가, 살인 사건을 밝히는 설록 홈즈가 되었다. 책이 있어서 나는 십 대를 살아 낼 수 있었다. 책은 나에게 동아줄이었다.

사춘기 시절에는 야간 자율 학습 시간에 책을 많이 읽었다. 학교 성적도 좋지 않았고, 선생님에게 주목받는 모범생도 아닌 데다, 제일 친한 친구에게 왕따를 당하면서 종교 서적과 성경에 심취했다. 사회학자 리처드 세넷은 "사람은 낯선 존재를 만날 경우에만 자신이 지금까지 당연하다고 생각하던 것을 다르게 보고 진실이라 믿었던 것을 뒤집어 생각해볼 수 있게 된다"고 말했는데, 나에게 그런 역할을 한 것이 바로 성경과 종교 서적이다.

양어머니는 신실한 신자였다. 새벽 기도를 가고, 금요 철야 예배를 드리고, 매일 성경을 읽고, 성가대를 하고, 전도를 하면서 수많은 사람의 영혼을 살렸다고 하지만, 딸과 남편에겐 폭력과 폭언을 휘두르며 서슴없이 죽으라 말하는 양어머니를 이해하려 성경을 읽었다. 매일 딸을 때리면서도 딸을 목회자 사모로 만들어서 '신앙심 좋은 어머니'로 본인이 존경받고 싶었던 양어머니를 이해하려 다양한 종교 서적을 섭렵했다.

'신'과 '인간', '죽음'과 '삶'을 생각하면서 내 현실을 회피하고 인지적으로 해석하며 살았다. 성경 속 하나님은 양어머니가 생각하는 그런 분이 아니라고, 같은 하나님이지만 우리는 서로 다른 하나님을 믿는 것이라고 나 스스로를 전도해야 했다. 책은 나에게 종교였다.

대학교에 가서는 사회 복지 공부가 너무 재미있었다. 환경 속의 인간을 탐구하고, 인간 내면 심리를 파악하는 공부를 하며 나를 굽이굽이 찾아가는 일이 고통스러우면서도 즐거웠다. 처음으로 공부의 즐거움을 알게 되었다. 책을 읽으면서 돈을 벌고 싶어서 도서관에서 아르바이트를 했다. 대학교 생활 내내 전공 분야뿐 아니라 다양한 분야의 독서를 많이 했다. 그렇게 책은 내 시선을 넓혀 주었다. 좋은 사람, 바른 사람을 알아보는 눈을 키워 주었고, 내 마음을 돌아볼 시간을 확보해 주었다. 책은 나에게 멘토였다.

어린 시절부터 함께한 책이지만, 직장에 들어가고 나서는 독서를 안 했다. 책을 업무라고 생각하니, 읽기 싫었다. 그러다 2013년에 위기가 왔다. 일도, 가정도, 부부 사이도, 시부모님과의 사이도, 두 아이의 육아도, 개인의 삶도 위기에 처했다. 1년 내내 부부 관계는커녕 남편과 마주 보고 말하거나 웃는 일도 없었고, 불면증이 와서 같이 누워서 잠을 자지도 않았고, 식욕이 없어서 같이 밥도 먹지 않았던 2013년은 지금 생각해도 까만색이다. 그때 나는 다시 책을 만났다. 불현듯 '2,000권을 읽으면 머리가 트인다'라는 말이 머리를 때렸고, 그렇게 한동안 잊고 지냈던 책을 다시 읽게 된 것은 내 삶에 새로운 전환점이 되었다.

나는 충전기를 한 번도 만나지 못한 배터리처럼 살았다. 사랑스러운 아이도, 직장도, 남편도 충전기가 되어 주지 못했다. 술도, 쇼핑도, 종교도 충전기가 아니었다. 하지만 오랜만에 다시 책을 읽기 시작하자, 책은 곧바로 충전기가 되어 주었다. 마음속에 에너지가 살아났다. 오랫동안 방전된 핸드폰을 잠시 충전기에 꽂는다고 바로 100% 충전이 되지 않듯이, 처음에는 책 한 권 읽으면 5% 충전이 되었다가, 다시 책을 덮고 육아와 회사 일을 하다 보면 1%로 떨어지기를 무한 반복했다. 5% 충전해서 1% 남고, 다시 5% 충전해서 2% 남고 이런 식으로 하다 보니 어느새 하루 한 권 책 읽기 10년 차가 되었다. 책은 나에게 충전기였다.

독서는 육아와 살림, 그리고 회사 일까지 스스로를 24시간 착취하고 소진하던 나에게 합법적으로 침묵할 수 있는 시간을 허락해 주었다. 세상을 잊고, 잠시 현실을 벗어날 수 있는 진공 상태를 만들어 주었다. 책을 덮는 순간 나는 다시 독박 육아에 찌든 워킹맘이라는 현실로 돌아와야 했지만 무념무상으로 책을 읽는 시간만큼은 여우에 홀린 듯 시간 가는 줄도, 밤이 새는 줄도 모르고 빠져들었다. 책을 다시 읽으면서 불면증이 해결되었다. 남편과 시어머니와의 관계에도 여유가 생겼다. 업무에서 온 소진도 해결되었다. 책은 나에게 치유였다.

책을 계속 읽다 보니 책을 쓰고 싶다는 마음이 생겼고, 나는 그렇게 책을 쓰게 되었다. 이제 책은 나에게 직업이 되었다. 나는 살기 위해 읽었고, 책을 붙잡아 꾸역꾸역 살아 남았으며, 그 결과 지금까지 생존해 있다. "독서는 제게 여흥이고 휴식이고 위로고 내 작은 자살이에요. 내가 모든 걸 잊고 떠날 수 있게 해주는 작은 우주선이에요"라는 수전 손택의 말처럼 나도 그랬다.

독서는 제게 여흥이고 휴식이고 위로고
내 작은 자살이에요.
내가 모든 걸 잊고 떠날 수 있게 해주는

작은 우주선이에요.

독서는 '내 작은 자살이었고, 작은 우주선'이었다. 나는 책을 읽고 책을 쓰면서 목숨을 부지할 수 있었다. 새로운 출발점에 서 있는 지금도 '다시 책으로' 시작하려 한다.

앞으로 나에게 독서는 치유를 넘어선 그 무엇으로 남을까⋯. 행복한 상상을 해본다.

23

트라우마 승화시키기

《이상한 정상 가족》
김희경, 동아시아, 2017

✦

'트라우마(trauma)'라는 단어의 가장 오래된 뿌리는 '뚫다'라는 뜻의 그리스어 어원이라고 한다. 트라우마는 인간을 꿰뚫고, 인간은 트라우마로 꿰뚫린다. 나는 어릴 때 과보호와 학대를 넘나드는 훈육 속에서 극과 극을 달리는 유년 시절을 보냈다. 그래서 나는 아동 학대와 입양이라는 트라우마로 꿰뚫린다. 그 두 단어 앞에서는 머리가 잘린 삼손처럼 아무런 힘을 쓸 수가 없다.

내 마음속에선 한 번씩 반사회적인 욕구와 공격적인 성향이 올라온다. 자라면서 혼란스러웠다. 나란 인간은 무적자로 5년간 살았듯이, 사회 속에 수용되지 못할 운명을 가지고 태어난 것인가 싶어 상상 속에서 내 무의식과 자아가 싸웠다. 그런데 알고 보니 이런 성향은 내가 타고난 것이 아니라, 아동 학대 피해자에게 흔히 나타나는 징후 중 하나라고 한다. 아동 학대 피해자로서 나를 객관화시켜 보게 한 책이 있다. 바로 《이상한 정상 가족》이다.

아동 학대나 가정 폭력, 성폭력, 친족 성폭력 등 다양한 폭력을 다루는 책을 읽다 보면, 너무 가짜 같은 진짜 사례들 때문에 책장을 넘기기 힘들어서 오히려 외면하게 되는 불상사가 일어나고는 한다. 하지만 《이상한 정상 가족》은 아동 학대에 대해 가장 이성적으로 썼기에, 끝까지 읽을 수 있는 거의 유일한 책이라고 아동 학대 피해자인 나 스스로 정의해 본다. 김희경 작가는 "한 사회가 아이들을 다루는 방식보다 더 그 사회의 영혼을 정확하게 드러내 보여 주는 것은 없다"고 말한다. 나의 모든 성향은 우리 사회의 영혼을 드러내 보이는 한 장면이였던 것이다.

한 사회가 아이들을 다루는 방식보다 더 그 사회의 영혼을 정확하게 드러내 보여 주는 것은 없다.

어느 연구에서 체벌과 관련된 50년 치 데이터를 메타 분석한 결과 '체벌을 받은 아이는 반사회적 행동과 공격적 성향을 보이게 될 경향이 높다'고 한다. 나 역시 그렇다. 때때로 내 속에 반사회적 욕구가 치밀어 오를 때마다, '여기에 넘어가면 안 된다' 스스로 마음을 다잡는다. 그런 내 모습이 절망적이고 수치스럽다. 하지만 가장 최고의 복수는 성공이라는 말처럼, 나는 꼭 내 안에 있는 반사회적 행동과 공격적 성향을 씻어 버리고 원래 타고난 나의 기질 자체를 찾을 것이다. 그렇게 점차 균형 잡힌 생을 살리라 소망한다.

나는 사회 복지사이다. 사람들에게 사회 복지사가 직업이라고 하면 "좋은 일 하시네요"라고 말한다.

미안하지만, 틀렸다. 내가 사회 복지사가 된 것은, 내가 경험하지 못한 아동·청소년기에 대한 애도이다. 자기만족이다. 내 어린 시절에 대한 보상일 뿐, 흔히 생각하는 남을 돕기 위한 이타심 때문만은 아니라는 거다. 나와 같은 아동·청소년기를 보낼 아이들을 돕는다는 것이 표면적인 이유이지만, 사실은 어린 시절의 나 — 김주영과 전안나 — 를 다시 구하고 싶은 어른 전안나의 바람일지도 모른다.

나는 가정 폭력 전문 상담원이다. 흔히 사람들은 가정 폭력 전문 상담원 업무를 했다고 하면 호기심과 낯섦이 반씩 섞인 얼굴로 "아이고 힘든 일 하시네요"라고 말한다.

미안하지만, 틀렸다. 오히려 상담원 교육을 받으면서 내가 경험한 폭력의 수위가 1부터 10단계 중 가장 상위에 속하는 9단계라는 것을 알고 위로를 받았다. 내가 심하다고 생각했던 것이 나만 그렇게 생각한 것이 아니라 객관적인 지표로 봐도 심했기 때문에, 내가 정신병자가 아니라는 것을 객관화해 주는 것 같아 안심이 되었다.

하지만 가정 폭력 전문 상담원으로 오래 활동할 수는 없었다. 아이를 때리는 엄마를 만나서 상담을 하면 매번 감정의 동요가 일어났다. 아이를 때리는 내담자가 내 양어머니처럼, 맞는 아이가 꼭 나처럼 느껴져서 상담하다가 내담자에게 분노가 치밀어 올라 상담을 중단할 수밖에 없었다. 아이를 때리며 합리화하는 내담자를 상담하면서 '나는 아직 양어머니를 이해하고 용서하지 못하고 있구나', '난 아직 상처가 치유되지 않았구나'를 분명히 알게 되었다. 그렇게 가정 폭력 상담원으로서의 업무는 짧게 끝났다. 다만 가정 폭력 전문 상담소 개설 창립 멤버로, 나같이 아동 학대나 가정 폭력

에 노출된 아이들을 돕는 징검다리는 하나 놓았으니 그걸로
되었다 자족한다.

나는 심리 검사 전문 강사이다. 사람들은 심리 검사 자격
증이 있다고 하면 "재미있는 거 하시네요. 사람 마음을 잘 파
악하시겠어요"라고 말한다.

미안하지만, 틀렸다. 나는 아직도 나를 잘 모른다. 양어머
니를 이해하고 싶어서 상담과 심리 검사를 공부했다. 양어머
니의 욕망으로 겹겹이 쌓인 나를 벗겨 내고 싶어서 미술 치
료, MBTI, 에니어그램, 선택 이론과 현실 요법을 배우며 나
의 욕망을 찾아 갔다. 내가 진짜 원하는 게 무엇인지 찾고 싶
었다. 양어머니의 바람이 녹아든 소망이 아니라 내가 진짜
원하는 'REAL-WANT'를 찾고 싶어서, 나의 심리를 객관적
으로 알고 싶어서 심리 검사 자격을 취득했다. 양어머니의
비난하는 말투를 따라하고 싶지 않아서 해결 중심 상담, 사
티어 의사소통 훈련, 비폭력 대화법을 배웠다. 좋은 것들을
채워서 내 속의 쓰레기들을 밀어 버리고 싶었다.

심리학 공부를 하면서 내가 양어머니에게 내린 진단은
'히스테리성 인격 장애'이다. 양어머니는 흥분을 잘하고 감

정적인 사람으로 말과 행동이 화려하고 극적이다. 자기 과시적이고 허영심이 많다. 사람들의 관심과 주의를 끌기 위해 자기 생각이나 느낌을 과장하고, 목표로 삼은 것을 얻기 위해 다른 사람들에게 감정 노동을 시킨다. 처음에는 매력적으로 보이지만 실제로는 자기 요구만을 들어주기 바라는 이기적인 사람으로, 아프거나 힘들다고 자주 불편함을 호소하며 자기 뜻대로 안 되면 울거나 남을 비난하면서 죄책감을 일으킨다.

본인이 먼저 나를 때렸으면서, 방어하는 과정에서 자신이 넘어지자 내가 양어머니를 때렸다며 경찰에 신고하겠다고 한다. 양어머니가 먼저 양아버지를 때리다가, 잠바에 달린 열쇠고리에 스쳐 본인 몸에서 피가 나자 대성통곡하면서 119를 부르라고 난리를 쳤다. 교회 권사가 자신의 욕을 했다며 양어머니는 일요일 오후 교회 식당에서 그 권사의 뺨을 때리면서 미친년이라고 욕을 해댔다.

내가 관찰한 양어머니는 '히스테리성 인격 장애'에 딱 맞는 사람이다. 이렇게 진단을 내리고 나니 내가 이상한 것이 아니라고, 내가 할 수 있는 것은 없다고, 하루라도 빨리 도망가야겠다고 결심하게 되었다.

나는 엄마이다. 아들만 둘이라고 하면 "와, 아들만 둘이요? 요즘 직장 다니면서 둘 낳기 힘든데 어떻게 낳으셨어요? 아이를 정말 좋아하나 봐요?"라고 말한다.

미안하지만, 틀렸다. 나는 엄마가 되는 것이 두려웠다. 내가 배운 훈육은 체벌밖에 없었기 때문에 '나도 양어머니와 같은 사람이 되면 어쩌지' 하는 두려움이 내가 엄마가 되는 것을 망설이게 했다. 나는 양어머니와 같은 괴물이 되고 싶지 않았다. 아이들을 봐도 예쁘기보다는 어떻게 대해야 할지 무서워서, 내 안에 모성이 있기는 한 것일까 고민을 했다.

그럼에도 엄마가 된 것은, 두려움을 극복했다기보다는 '가족'에 대한 결핍을 더 강하게 느꼈기 때문이다. 나는 온전한 가족을 경험하지 못했다. 결혼하고 아이를 낳으면서 비로소 나는 가족이 무엇인지 알게 되었다.

배워서는 알 수 없었던, 실제로 아이를 낳고 나서야 비로소 알게 된 사실 중 하나는 아이들은 나를 무조건적으로 사랑해 준다는 것이다. 단지 내가 엄마라는 이유로 내가 못생겨도, 원하는 것을 다 못 해줘도, 무엇을 하든지 간에 아이들은 '엄마 프리미엄'을 나에게 얹어 준다. 아이로부터 받는 무조건적 환대, 그 황홀함은 태어나서 처음 경험하는 내 존재 자체로의 수용이었다.

또 하나 아이를 낳고 확실히 알게 된 것은, 아이는 때리지 않고 키울 수 있다는 것이다. 아이를 때리는 것은 훈육이 아니라 체벌이다. 부모와 아이가 좋은 관계를 맺어 놓으면 아이도 어른처럼 말로 충분히 이해시킬 수 있고, 설득할 수 있다는 것을 지금 내가 증명해 보이고 있다. 그렇기에 아이를 키우면 키울수록 양어머니가 이해 가지 않는다. 어떻게 자신보다 체구도 작고 약한 아이를 그렇게 무자비하게 때릴 수가 있는가? 아이를 낳고 보니 더욱더 이해할 수 없다.

양어머니는 지금도 말한다.

"너를 사랑해서 그런 거야."

나는 단호히 말한다.

"아니요"라고.

아동 학대는 특정 이상한 가족, 이상한 사람에게만 발생하는 사건이 아니다. 아이를 한 인격체로 보지 않고 자신의 소유물로 생각하기에, 타인에게는 하지 않았을 언어적·비언어적 폭력을 남발하는 사람이 바로 '엄마, 아빠'이고, 가장 빈

번하게 발생하는 장소가 바로 '가정'이다. "사랑의 매라는 표현은 전적으로 매를 든 사람의 논리이다"라는 김희경 작가의 말에 전적으로 동의한다. 데이트 폭력이나 스토킹도, 하는 사람 입장에서는 사랑이다. 하지만 받는 사람 입장에서는 사랑이 아니라 폭력이다. 데이트 폭력이나 스토킹은 범죄인데, 왜 아동 폭력은 사랑의 매인지 나는 이해할 수 없다. 체벌 덕분에 내가 바르게 자란 것이 아니다. '체벌을 받았음에도 불구하고' 나는 괜찮은 사람이 된 것이다.

사랑의 매라는 표현은
전적으로 매를 든 사람의 논리이다.

그래서 이제 괜찮냐고? 아니, 아마 트라우마는 죽을 때까지 내 몸에 아로새겨져 있을 것이고, 나는 끊임없이 트라우마와 싸우며 살다 죽을 것이다. "나에게 가장 중요한 환자는 바로 나 자신이었다"라는 프로이트의 말처럼, 이렇게, 나의 트라우마는 나의 직업이 되었다.

24

선을 넘는 사람들

《자기 결정》

페터 비에리, 은행나무, 2015

✦

《자기 결정》은 110쪽 내외의 얇은 책인데, 정말이지 술술 읽혔다. 이 책에 얼마나 공감을 했는지, 저자가 하는 말에 100% 공감하는 것을 넘어서 내 머릿속에 있는 생각을 작가가 빼내서 타이핑을 친 것만 같은 생각이 들 정도였다. 오죽했으면 저자명을 전안나로 바꾸고 싶다는 생각도 들었을까. 저자 피터 비에리의 말을 한마디로 요약하면 "타고난 것들은 결정할 수 없지만, 어떻게 살아갈지는 스스로 결정할 수 있다"는 것이다.

타고난 것들은 결정할 수 없지만,

어떻게 살아갈지는 스스로 결정할 수 있다.

　이 책을 읽으면서 82년생, 나와 동갑인 친구가 떠올랐다. 지금도 아빠에 대한 원망으로 가득 찬 아이이다. 무책임하게 가족을 버린 아빠를 대신해 자기가 돈을 벌어 빚을 갚았고, 소녀 가장이 되어 아픈 엄마와 동생들을 돌보느라 제때 학교를 졸업하지도 못했다. 그녀의 가슴속엔 무책임하게 가족을 떠난 아버지에 대한 원망이 지금도 가득 차 있다.

　이 아이와 이야기를 하다, '스무 살 이후의 삶은 타인을 탓하면 안 되고, 온전히 너의 몫이야'라고 말해 주려다 거울에 비추듯 내 모습을 돌아본다. 내 삶의 얼마나 많은 부분을 양어머니를 위해 사용했는가 생각하다 소스라치게 놀라고 말았다. 《자기 결정》에 나오듯 "행복하고 존엄한 삶은 내가 결정하는 삶"이고 "내 내면세계에 내가 지휘권을 가져야 한다"는 것을 머리로는 이해하고 끄덕이지만, 실제로는 그렇지 못했다. "타인은 어디까지나 타인에 불과하며 그들이 우리를 평가할 때 우리 자신과는 아무 관계도 없는 오직 그들만의 문제인 수만 가지 요인에 의해 그 평가가 왜곡되고 부정적이 된다"라는데, 나는 내 삶의 많은 시간을 양어머니를 원망하는 데 쓰고, 양어머니로부터 비난받고 학대받은 나를 내가 다시 비난하는 데 쓰고, 양어머니에게서 벗어나기 위해 쓰고 있다. 나의 가장 많은 것을 소유해 버린 사람이 내가 가장 미워하는 사람이라는 아이러니. 나와 동갑인 그 친구에게 말을 하려다가, 나는 이런 말을 할 자격이 없다는 생각이 들어서 입을 닫아 버린다.

내가 받은 아동 학대를 내 입 밖으로 꺼내어 말하기까지 40년이 걸렸다. 그렇다면 나를 학대한 양어머니를 용서하고 그 분노의 감정까지 다 빼려면, 이 또한 40년이 걸릴지도 모르겠다. 영화 〈올드보이〉에서 유지태는 최민식에게 복수하는 것을 생의 목표로 삼았다. 그렇게 고대하던 복수가 끝난 후, 유지태는 생의 목표가 사라졌다면서 자살하는데 나는 그런 식으로 내 일생을 양어머니에게 쓰고 싶지 않다.

"타고난 것들은 결정할 수 없지만, 어떻게 살아갈지는 스스로 결정할 수 있다"는 구절에 다시 밑줄을 긋는다. 이 책을 읽으면서 "나는 지금 내 삶을 자기 결정하며 살고 있는가?" 생각해 보았다. 내 대답은 "yes"다. 휴….

나는 지금 내가 진짜로 원하는 삶을 살고 있다. 양부모님이 반대했지만 결국 내가 원하는 남편과 결혼했고, 사랑스러운 아이들 덕분에 처음으로 진짜 '가족'을 갖게 되었다. 직장을 다니면서 돈을 벌어 내가 하고 싶은 것을 스스로 할 수 있는 능력을 갖게 되었다. 내가 원하고, 보고 싶은 책을 읽고 있으며 사람들을 돕기 위해 그리고 내 자아실현을 위해 책을 쓰고 강의를 다니는 삶을 살고 있다.

하지만 사람들은 자꾸 선을 넘는다. 내 삶에 자꾸 끼어들어 영향력을 행사하려 한다. 어느 날, 밤늦게 사촌 언니가 전화를 걸어 왔다. 양어머니와 그 언니인 큰 이모가 나 때문에 싸운다는 것이다. 자초지종을 들어 보니 웃기다. 무려 14년 전, 내가 첫째를 출산하던 날 큰 이모가 나에게 전화를 걸었는데 나는 분만실에 있어서 전화를 못 받았다. 시어머니가 남편과 보호자로 대기하던 중 내 핸드폰에 큰 이모라고 이름이 뜨는 것을 보고 전화를 받았다. 근데 큰 이모는 큰 이모대로, 시어머니는 시어머니대로 나를 위한답시고, 대화가 오가던 중 서로 화가 나서 싸우고 전화를 끊었다고 한다. 그런데 그런 일이 있었다는 사실을 최근에 양어머니가 알고서 전화로 욕을 하면서 "네가 왜 안나 시어머니랑 전화를 해서 우리

사이를 이간질하냐"고 싸우기 시작한 것이다.

억울한 큰 이모는 자신의 딸에게 전화해서 하소연을 했다. 네가 안나에게 전화해서 상황이 이러저러하다고 설명을 하고 중재를 해달라고, 필요하면 우리 시어머니를 만나서 해명을 하겠다고 나에게 연락을 한 것이다. 무려 14년 전 일을 가지고 말이다!

세상에는 선을 넘는 사람들이 많다. 시어머니는 왜 며느리 핸드폰에 걸려 온 전화를 받는 선을 넘은 것일까? 왜 이모는 조카의 시어머니와 싸우는 선을 넘은 것일까? 왜 양어머니는 자신이 입양한 딸을 때리고 욕하는 선을 넘은 것일까? 다 너를 위해서라고 그분들은 말씀하시겠지.

자초지종을 들은 후 사촌 언니에게 말했다. "언니, 나는 이 일로 세 분의 일에 관여하고 싶지 않아요. 나 때문이 아니고 어른들 세 분이 서로 선을 넘어서 생긴 일이에요. 며느리 전화를 대신 받은 시어머니도 이상하고, 조카 시어머니랑 싸운 큰 이모도 이상하고, 입양한 딸을 어른이 되도록 욕하고 때려서 딸에게 연락 두절 당하는 양어머니도 이상해요. 그리고 14년 전 일을 지금와서 이러는 것도 이상해요. 저는 세 분 어르신들과 선을 두고 싶어요. 저는 그냥 제 삶을 살고 싶어요." 이렇게 전화를 끊자 그 후로 엄마와 큰 이모 모두 조용해졌다.

오랜만에 양어머니를 만났다. 병원 검진을 같이 가달라는 요청이다. 검진 순서를 기다리는 동안 양어머니는 자신이 여러 번 사과를 했으니 이제 그만 용서하고, 이제 본인을 사랑해 주라 말한다. 손주들을 만나고 싶다고, 할머니로 자리매김시켜 주길 요청한다. 사위를 명절에 만나고 싶다고 말한다. 양어머니도 연세가 드니 자신보다는 딸과 손주, 사위를 생각하고 다시 좋은 관계를 맺고 싶은 것인가 생각하려는 찰나, 모든 사람과 화해를 하고 관계를 풀어야 본인이 죽어서 천국에 갈 수 있다고, 결국 자신을 위해서 이 모든 것을 하라는 이야기에 피식 헛웃음이 나온다.

정희진 작가는 《정희진처럼 읽기》에서 "뻔뻔한 이의 마음의 평화는 억울한 사람이 겪는 마음의 고통의 대가"라고 말한다. 난 그런 마음의 평화를 양어머니에게 줄 생각이 '아직' 없다. 나는 단칼에 "싫어요"라고 대답하고, 병원비를 결제한 뒤 양어머니를 차에 태워 보냈다.

나는 아직 양어머니를 용서하지 않았다. 아동 학대로, 가정 폭력 가해자로 신고하지 않은 것이 20년간 같이 산 가족으로서 할 수 있는 최대한의 배려라는 것을 양어머니는 알까….

난 괴물이 아니라 인간이니까, 사회적 도리를 다하기 위해 양어머니가 병원에 가실 때 보호자로 동행하고, 매달 용돈도 보내지만, 우리 아이들을 만나게 하지 않을 것이다. 정서적 교류를 하지 않을 것이다. 양어머니가 돌아가시면 상복을 입고 상주를 하겠지만, 애도하지 않을 것이다. 아직은 내 마음이 그렇게 열리지 않는다. 피해자에게 용서를 강요하지 말길.

언젠가 충분한 치유의 시간이 흐른 후라면, 용서가 될지도 모르겠다. 하지만 나는 용서보단 그냥 존재를 잊어버리려고 한다. 그냥 아무것도 아닌 사이가 되길 간절히 바란다. 《나를 알기 위해서 쓴다》에 나온 정희진 작가의 말처럼 "가해자를 떠나보내는 나의 복수, 무관심의 힘으로 그들을 비인간화"시키려고 한다. 아무 감정을 느끼지 않길, 그냥 무관심할 수 있길, 나에게 무의미한 존재가 되길 바란다.

가해자를 떠나보내는 나의 복수,
무관심의 힘으로 그들을 비인간화시킨다.

그러면 언젠가는, 먼 훗날에는, '부잣집 막내딸로 태어나 부족함 없이 살며 세상을 다 가지고 싶었지만 한국 전쟁을 겪어야 했고, 남편에게 사랑받지 못하고 자식도 못 낳은 상실감으로 돈과 종교, 그리고 자기애에 집착하게 된 한 여성'으로서 양어머니를 이해하고 추모하고 애도할 날이 올지도 모른다. 언젠가 그녀에 대한 아름다운 기억이 나쁜 기억을 덮을 수 있기를….

《슬픔을 공부하는 슬픔》에서 신형철 교수는 "늘 참지 않는 사람은 늘 참는 사람이 참고 있다는 것을 모른다"라고 말했다. 이제 나는, 늘 참지 않는 사람들에게, 내가 참고 있다는 것을 알리려고 한다. 이렇게 말하고 나니, 내가 예전의 전 안나가 아니라는 생각이 든다. 이제 내가 나의 사고와 감정을 주관하며 주체가 되는 삶, 내가 스스로 결정하는 행복하고 존엄한 삶을 살기 시작했다는 뜻이지 않을까? 이제야 비로소 내 몫의 삶을 살아가는 기분이다.

"타고난 것들은 결정할 수 없지만, 어떻게 살아갈지는 스스로 결정할 수 있다."

나는 그렇게 살 것이다.

25

설거지하지 않겠습니다

《필경사 바틀비》

허먼 멜빌, 문학동네, 2011

✦

"안 하는 편을 택하겠습니다."

거절은 너무나 힘든 일이다. 일반적인 관계에서는 오랜 사회생활을 통해 그나마 훈련된 사회적 반응으로 거절이 가능하지만, 가족 관계에서는 그마저 통하지 않아 거절하기 가장 힘들다. 양어머니에게도 임신 3개월 차에 쌍욕을 들은 후에야 가능했던 것이 거절이었는데, 남편과 시가에 "안 하는 편을 택하겠습니다"라고 말하기는 더욱 어렵다.

안 하는 편을 택하겠습니다.

나는 어릴 때부터 일복이 많았다. 양어머니의 지시에 따라 매일 가사 노동을 해야 하는 것은 기본이고, 명절은 노는 날이 아니라 요리하고 청소하는 노동의 날로 정신이 없었다. 대학생이 되어서는 학비를 버느라 학교에서 봉사 장학, 근로 장학을 했고 평일 저녁에는 과외, 주말과 방학에는 아웃렛에서 판매 알바를 했다. 직장 생활을 하면서도 일이 눈에 보이면 해야 하는 성격이라 열심히 일했고, 덕분에 승진을 빨리 해서 일을 더 많이 했다.

《소설가의 일》을 쓴 김연수 작가가 한번은 점을 봤는데, 새벽에 태어났다고 하니 "일복이 많겠군요"라고 했단다. 혹시 나도 새벽에 태어나서 일복이 많은 건 아닐까? 지금도 사회 복지사, 작가, 강사, 독서 토론 지도사, 칼럼니스트, 아동 인권 강사, 엄마 등 일이 나를 따라다닌다. 일복이 많은 것은 어쩌면 거절을 못 하기 때문이 아닐까 나를 돌아본다. "안 하는 편을 택하겠습니다"라고 말해 본 적이 있나?

내가 의식적으로 '안 하는 편을 택한' 것은 '설거지'이다. 나는 우리 집에서 설거지를 하지 않는다. 그리고 시가에서도 설거지를 하지 않는다. 이렇게 되기까지 무려 5년의 시간이 걸렸다.

명절이 되면 시가에 가서 짧으면 3박 4일, 혹은 명절 휴일 전체를 보냈다. 시어머니는 본인의 부모님이 돌아가셨을 때도 남편이 아프다고 장례를 가지 않았다고 한다. 내가 볼 때는 비정상적인 행동인데, 결혼 후 그 정도로 시가에 충실했다는 뜻으로 이해하고 넘어갔다. 그렇기에 시어머니는 명절 전체를 시가에서 보내는 것을 당연하게 생각하셨고, 연휴 중간에 가는 것을 처음에는 이해를 못 하셨다. 이제는 2박 3일 정도로 타협했지만, 이것도 탐탁하게 생각하시지는 않는다는 것을 잘 안다.

시가에 가면 '당연히' 남자들은 주변 역할만 하고, 시어머니와 며느리 두 명만 밥 차리고, 설거지하고, 과일 깎고, 제사상을 차렸다. 결혼한 첫해에는 시가에 적응해야 하는 며느리라 이상하다는 생각을 하지 못했다. 최선을 다해서 노력했다.

결혼 2년 차가 되어 명절을 두 번 지내고 나서야 몇 가지 이상하다는 생각이 들었다. 제사상은 김씨네 집안을 위해 차리는 건데 왜 밥상은 안씨인 시어머니와 임씨인 손위 동서, 전씨인 내가 차리는 것인지 이해가 안 되었다. 그렇게 실컷

일했지만, 막상 절할 때가 되면 여자들은 나가라고 한다. 왜 남자들끼리만 절을 하지? 남편에게 이상하다고 말했더니 "부모님이 제사를 하겠다니 해야지" 이렇게 동문서답을 한다.

그래서 남편에게 "제사를 잘못이라고 하는 게 아니고, 김씨네 제사상을 김씨들은 가만히 있고, 왜 딴 집 여자들이 하냐고? 그게 이상하지 않아?" 했더니, 남편이 "우리 엄마가 제사하면서 고생 많이 했지"라고 또 동문서답 같은 대답만 했다.

그래서 "그렇게 고생스러운 거 알면서 왜 안 도와줘? 음식 조리는 바라지 않을게. 다음부터 설거지는 당신이 도와줬으면 좋겠어" 그랬더니 남편이 "응, 다음부턴 설거지할게"라고 흔쾌히 대답을 했다.

그다음 결혼 3년 차 명절이 되었다. 제사도 지내고 밥도 먹었겠다 이제 설거지할 시간인데 평소처럼 남편이 텔레비전을 보면서 과일을 먹고 있기에 남편을 조용히 밖으로 나오게 해서 같이 설거지를 했다. 내가 수세미로 그릇을 닦으면 남편이 거품을 헹구면서 같이 설거지를 하고 있는데 시어머니가 나오시더니 "아들, 내가 설거지할게. 들어가"라고 말씀하시는 것이 아닌가! 남의 집 딸인 내가 설거지할 때는 아무 말씀도 안 하시더니, 본인 아들이 설거지를 하니 보기 힘들었던 걸까?

그래도 남편은 설거지를 끝까지 다했다. 만약 이때 방에 들어갔더라면 나에게 죽음이라는 걸 남편이 본능적으로 느낀 거라고 생각한다. 그렇게 2박 3일 동안 남편과 아홉 번의 설거지를 했다. 나를 향한 시어머니의 따가운 눈빛을 뒤로한 채.

그다음부터는 시가에 가서 밥을 먹으면 무조건 남편에게 설거지를 전담하게 했다. 남편이 설거지를 하니 시어머니가 "우리 아들 설거지 시키려고 대학 보냈나" 이렇게 중얼거리면서 지나가는데 너무 화가 났다. 어머니 말에 따르면 본인 아들이 대학을 나왔는데 왜 설거지를 하냐는 뜻인데, 사실 손위 동서와 나는 둘 다 대학원까지 나왔고, 시어머니 아들들은 둘 다 대학만 나왔다. 시어머니 논리대로 하자면, 며느리 둘은 남의 제사상 차려 주려고 대학원 나온 게 되는 건가? 어이없어서 남편에게 말했더니, 남편은 못 들었다고 한다.

그다음 해 명절에도 남편이 설거지를 하고 있으니 시어머니가 "우리 아들 설거지 시키려고 대학 보냈나" 하고 같은 말을 했다. 그 순간 남편 옆구리를 꾹 찌르자, 남편이 "다 같이 밥 먹었으니까 설거지도 같이 해야지"라고 대답을 했다. 그제야 시어머니는 아무 말씀도 안 하시고 방에 들어가셨다. 이렇게 결혼 5년 만에 명절 설거지는 남편의 업무로 분장되었다.

근데 참 이상한 게 남편보다 겨우 두 살 많은 시아주버님은 설거지를 한 번도 안 하는 것이다. 나이도 젊은데 참 이상했다. 시가에 머무르는 2박 3일 동안 남편이 설거지 아홉 번을 혼자 했더니, 보다 못한 시어머니가 큰 아주버님에게 "둘째가 혼자 설거지 다 하네. 첫째 너도 해라" 하는 것이 아닌가! 귀를 의심했다. 만약 시어머니가 그렇게 말하지 않으셨다면 큰 아주버님은 절대로 설거지를 하지 않을 분이시다. 마침내 설거지를 아들들이 전담하게 되었다. 물론 지금도 남편이 2박 3일 명절 설거지의 대부분을 다 하고, 아주버님은 두세 번 정도 도와주는 듯하지만, 하지만 일단 하는 게 어딘가! 아들들이 설거지를 전담하니 며느리들에겐 쉬는 시간이 생겼다. 이제는 남는 시간에 시아버님부터 손주 손녀까지 김씨들은 모두 텔레비전을 보고, 손위 동서와 나는 책을 본다.

아내 혼자만 하는 독박 가사와 독박 육아 등 여성을 착취해 운영되는 '행복한 가정'은 거짓이라고 생각한다. 그것은 폭력이고 학대이다. 모든 여자에게 집안일이 가장 중요하고 보람 있는 일은 아니다. 물론 일부 그런 여자가 있을 것이고, 일부 그런 남자도 있을 것이다. 하지만, 나는 그렇지 않다.

처음엔 "안 하는 편을 택하겠습니다"라는 말을 하기 참 힘들었는데, 그 말 하나 때문에 우리 집의 명절 풍경이 많이 바뀌었다. "안 하는 편을 택하겠습니다"라는 말은 나에게 정신적 자유를 허락하는 문장이다. 이 말을 좀 더 연습해 봐야겠다. 언젠가는 내 한가위 소원처럼 명절에 시가에 "안 가는 편을 택하겠습니다"라고 말하게 될 날이 오길….

26

생활형 페미니스트

《분노하라》

스테판 에셀, 돌베개, 2011

✦

나는 사회 문제에 관심이 많다. 관심에 비해 행동은 빈약한, 아직은 행동하지 못하는 사람이지만 《코스모스》를 읽으면서 처음 각성하게 되었다. 나는 '지구라는 우주선에 탄 탑승객'이라는 것을. 우리가 살고 있는 지구는 하나이고, 그 안에서 누군가 폭동을 일으키거나 다른 사람에게 피해를 주는 행동을 한다면 같은 우주선을 탄 우리 모두가 그 영향을 받게 된다는 것이 코로나로 더욱 실감 나는 요즘이다. 비록 지금은 무임승차 중이지만, 내가 탄 지구라는 우주선에 이익이 되거나 혹은 최소한 피해라도 덜 주는 방법이 무엇일까 생각해 본다.

나는 생활형 환경 운동가이다. 거창한 환경 운동은 못 한다. 죄책감을 가진 채로 일회용 기저귀를 사용하고 일회용 물티슈도 사용하고, 일회용 생리대도 사용한다. 하지만 생활 속에서 분리수거하기, 장바구니 사용하기, 텀블러 들고 다니기 등을 한다.

《전태일 평전》을 읽으며 생각한다. "푸른 하늘을 처다볼 권리가 없고 오늘을 생각할 시간도 없으며 내일에의 꿈을 키운다는 건방진 여유는 더더구나 없었던" 그 노동자들과 나는 무엇이 달라서 나는 이렇게 편안하고 시원하고 따뜻한 사무실에서 커피를 마시면서 일하고 돈을 받고 있는 것일까?

전태일이 주장한 인간으로서 최소한의 요구는 바로 인간으로서 당연히 누릴 권리인 인권이다. 수많은 노동자 중에서도 전태일이 우리에게 기억되는 것은 그가 남긴 글 때문이다. 전태일 평전을 읽으면서 '기록되지 않은 역사는 잊힌다'라는 말이 떠오르며 기록의 중요성을 다시금 생각한다. 전태일을 침묵하지 못하게 하고 끝끝내 행동하게 한 각성, 그것은 바로 서로가 서로에게 전체의 일부가 되어 주는 '공동체'

라는 인식이다. 공동체 안에서 내가 침묵하지 말아야 할 것은 무엇일까? 내가 행동해야 할 것은 무엇일까?

나는 생활형 인권 운동가이다. 거창한 인권 운동은 못 한다. 하지만 인권이 무엇인지 시간과 돈을 들여 배웠다. 인권에 관한 책을 읽으며 지구 곳곳에서 일어나는 비인권적인 실태를 알게 되었다. 나와 같은 감정 노동자인 사회 복지사들을 대상으로 인권 강의를 시작했고, 내가 당한 비인권적인 아동 학대를 글로 남기기로 결심했다. 2022년 어린이날 100주년 기념 다큐멘터리에 출연해서 내가 경험한 아동 학대를 증언하려고 한다. 부모들에게 자녀 독서 지도법을 알려주면서 아동의 놀 권리, 아동 인권을 말하기로 한다. 내가 먼저 갑질을 하지 않고, 감정 노동자들에게 친절하게 대하겠다고 다짐한다.

스테판 에셀의 《분노하라》를 읽으며 생각한다. 우리는 사회에 속한 구성원이기에 "당신은 개인으로서 책임"이 있고, "최악의 태도는 무관심"이며 "행동하는 소수"가 되라고 30쪽짜리 책이 30톤짜리 돌이 되어 가슴팍에 묵직하게 내려앉는다. 이 책 때문에 세계 여러 나라에서는 행동하는 다수가 생겨냈다. 나는 사회에 얼마나 관심을 가졌나? 나는 또 얼마나 무심했나? 나 자신을 한번 돌아본다.

사르트르는 우리에게, 스스로를 향해
이렇게 말하라고 가르쳐 주었다.
"당신은 개인으로서 책임이 있다."

나는 생활형 페미니스트이다. 내가 생각하는 페미니스트의 정의는 '남성과 여성은 사회 경제적으로 동등하다고 생각하는 사람'이다. 광장에 나가서 페미니스트 운동을 하지는 못하지만, 내 남편과 아들에게 요리하고 빨래하고 설거지하는 방법을 가르쳐서 함께 살아가는 여성과 동등하게 가사 노동을 하게 만들 것이다. 최소한 내 남편과 내 아들은 '남성과 여성은 사회 경제적으로 동등하다'라고 생각하도록 내 몫의 페미니즘 운동을 할 것이다.

《왜 세계의 절반은 굶주리는가?》에서 장 지글러는 "서로에 대해 책임을 다하지 않는 한 인간의 미래는 없을 것이다"라고 말하는데, 나는 아직 서로에 대한 책임까지 다할 자신은 없다.

서로에 대해 책임을 다하지 않는 한
인간의 미래는 없을 것이다.

나는 그냥 평범한 직장인이다. 두 아이를 키우는 엄마이
고, 대한민국의 여자 사람이다. 너무나 당연하게도, 멀리 있
는 아프리카의 수많은 죽음보다 내 손가락 끝 피부 벗겨진
것이 더 아픈 평범한 사람이다.

그래도 내가 속한 공동체를 위해 내가 기여할 수 있는 것
은 무엇인가 생각한다. 내가 침묵하지 말아야 할 사회 문제
는 무엇인가 생각한다. 내가 잊지 말아야 할 사회적 재앙은
무엇인가 생각한다. 잊히지 않도록 기록해야 할 역사는 무엇
인가 생각한다. 이 책에 박제해서 남겨야 할 기록은 무엇일
까 생각한다.

1994년 성수 대교 붕괴 사고

1995년 삼풍 백화점 붕괴 사고

1999년 인천 호프집 화재 사고

2003년 대구 지하철 화재 사고

2010년 천안함 침몰 사건

2014년 송파 세 모녀 사건

2014년 세월호 사고

2016년 강남역 화장실 여성 살인 사건

2017년 제천 스포츠 센터 화재 사고

2019년 인천 영아 사망 사건

2020년 천안 캐리어 아동 사망 사건

2021년 정인이 아동 학대 사망 사건

사회적 재난과 폭력을 보도하는 뉴스가 다른 뉴스로 대체되면, 나도 모르게 관심이 줄어든다. 하지만 이따금이라도 기억할 것이다. 잊지 않겠다.

나같이 평범한 직장인도, 엄마도 사회 문제에 관심이 있고 생각이 있다는 것을 보여 주겠다. 사회 문제에 끊임없이 관심을 가질 것이다. 나와 세계를 공부할 것이다. 다양한 공부를 통해 나만의 가치관을 확립하고 행동하는 생활형 운동가가 되어 사회로 한 발 다가설 것이다.

그동안 나 자신과 나의 가해자를 향해 분노했던 마음에서 벗어나 이제는 사회를 향해, 공동체를 위해, 분노하는 시민이 될 것이다.

27

나를 드러내는 용기

《아침의 피아노》

김진영, 한겨레출판, 2018

사람이라면 누구나 상처가 있다.

텔레비전에 나오는 멋지고 잘생기고 유명한 스타 강사, 연예인, 베스트셀러 작가, 방송인들은 왜 그리 상처를 하나씩 다 갖고 있는지. 마치 상처 경연 대회라도 하는 것처럼 각자 자기에게는 남들에게 없는 상처가 있다고 말한다.

속으로 '나도 만만치 않은 삶을 살았어요'라고 말하지만, 나는 내가 특별한 삶을 살았다고 생각하지는 않는다. 나는 그냥 내 몫의 삶을 살았을 뿐이다. 사연 없는 집이 없듯, 사연 없는 인생이 어디 있을까. 나는 투철한 신념을 가지고 산

것도 아니고, 역사에 한 획을 그을 사명감을 가진 인물도 아니다. 그냥 이 글을 읽는 사람과 동시대를 살고 있는 마흔 살의 한 사람이다.

성경에는 "나를 따르려거든 자기 십자가를 지고 나를 따르라"라는 말씀이 있다. 여기서 말하는 십자가란 무겁고 큰 삶의 시련과 조건을 말한다. 누구나 자기 십자가가 있다. 나도 그렇다. 양어머니라는 가시 돋친 십자가, 양아버지라는 위태로운 십자가, 아직 찾지 못한 친부모님이라는 투명 십자가, 남편과 같이 지어야 하는 시부모님이라는 법적 십자가가 있다.

그렇지만 내 삶에는 감사할 것도 많다. 나는 과거의 내 삶은 물론, 앞으로 살아갈 내 삶이 좋다. 나는 강한 정신을 가지고 있다. 나는 혼자서도 잘 살 수 있다. 나는 남들과 다른 경험을 가지고 있다. 내 주변에는 좋은 사람들이 많다. 나를 절대적으로 신뢰해 주는 아이들이 있다. 나는 모든 말과 생각을 나눌 수 있는, 말이 통하는 남편이 있다. 결혼 초반 나를 힘들게 했지만, 정신과 상담을 받기 시작하면서 관계가 좋아진 시어머니가 있다. 내가 좋아하는 핸드 드립 원두커피를 사놓고 나를 기다려 주는 시아버지가 있다. 나에게는 할 일이 있다. 나는 생각하며 살고 있다. 나는 열정과 에너지가 넘친다. 나는 쾌활하고 잘 웃고 긍정적인 사람이다. 나는 도전을 두려워하지만, 그럼에도 도전하고 성장하는 사람이다.

인생에 관해 기억에 남는 말이 있다. 김진영 작가는 미학자이며 철학자로, 암 선고를 받은 날부터 임종 3일 전까지 병상에 앉아서 일기 234편을 썼다. 그가 남긴 글을 모아 만든 책이 《아침의 피아노》라는 산문집이다. "생은 불 꺼진 적 없는 아궁이. 나는 그 위에 걸린 무쇠솥이다"라는 그의 말처럼 내 아궁이는 처음부터 뜨겁고 강렬했다. 나는 부글부글 끓었다. 바닥을 뚫을 기세로 끓어 내용물을 증발시켰다가 다시 채워졌고, 무언가를 끓이고 있다.

생은 불 꺼진 적 없는 아궁이.
나는 그 위에 걸린 무쇠솥이다.

내가 평생 끓여 낸 것, 기억해야 할 것은 무엇일까.
수전 손택의 말처럼 "내 삶은 나의 자본"이다. 그동안 세상에 내놓은 다섯 권의 책은 어쩌면 아궁이 위에 걸린 무쇠솥 안을 휘휘 저어 걸린 것을 세상 밖으로 꺼낸 것인지 모르겠다. 설익지는 않았는지, 간은 맞는지, 사람들의 취향에 맞는지는 모르겠다. 하지만 꺼내면 꺼낼수록, 오히려 더 많이 채울 수 있게 되었다는 것은 분명하다.

처음 나를 드러낼 때는 많은 용기가 필요했다. 사회 복지사로 일하면서 자기 인식을 하는 시간을 20년 가까이 가졌지만, 아직도 나를 드러내는 것이 부끄럽고 창피하다. 이 글을 처음 쓰기까지 고민한 시간만큼, 모르는 사람에게 나를 드러내는 데 용기가 필요했음을 이 글을 읽는 독자들은 이해할까?

물론 사람들은 다른 사람에게 그렇게 큰 관심이 없다는 것을 잘 안다. 이곳에 쓴 글을 꺼내기까지 나는 40년이 걸렸지만, 이 글을 읽는 사람에겐 1시간이면 휙 읽고, 덮어 버리고, 잊히는 글이 될 수도 있다. 그렇지만 누군가에게는, 나와 같은 아동 학대 피해자나 입양 당사자에게는, 부모님에게 받은 상처가 있는, 마음속에 누구에게도 말하지 못했던 아픔이 있는 사람에게는 작은 위로와 공감, 치유의 시간을 줄 수 있지 않을까 기대해 본다.

심리학자 칼 융은 "당신이 가장 두려워하는 것을 찾아라. 진정한 성장은 그 순간부터 시작된다"라고 말했는데, 내가 가장 두려워하는 것이 바로 직면이다. 내 과거를 마주하는 직면, 양어머니와 일대일로 대면하는 직면, 내가 이렇게 나약하고 숨길 것이 많은 인간이라는 직면이다. 내가 이렇게나힘들게 아둥바둥 살았는데 '쓸모없는 인생이었다'며 비난받을 거라는 두려움과의 직면, 엄청나게 많은 인정 욕구와 명예욕에 대한 직면이다.

내가 아직 직면할 용기가 없는 것이 몇 가지 더 있다. 미아 찾기 광고나 캠페인, 아동 학대 기사, 해외 입양인의 부모를 찾고 싶다는 인터뷰, 실종 아동이 성인이 되어 부모를 다시 만나는 드라마를 나는 아직 볼 수가 없다. 얼마 전까지, 세상의 핫뉴스는 '정인이'였다. 나는 '정인이'라는 글자가 보이는 헤드라인을 읽을 수 없다. 뉴스에 '정인이' 헤드라인이 보이면 다른 채널로 넘겨 버린다.

"현실을 직시하는 당사자는 오래 살 수 없다"라고 정희진 작가는 말했다. 나는 이 말에서 불사조가 떠올랐다. 불사조는 죽을 때가 되면 몸의 털을 다 뽑고 불 속으로 뛰어들어 죽었다가 다시 태어난다고 한다. 김진영 작가는 "더 오래 살아야 하는 건 더 오래 살아남기 위해서가 아니다. 그건 미루었던 일들에 대한 의무와 책임을 수행하기 위해서다"라고 말한다. 나는 무엇을 미루어 두었나…. "한 철을 살면서도 이토록 성실하고 완벽하게 삶을 산다"라고 저자가 칭찬한 '풀'처럼 나도 이토록 성실하고 완벽하게 삶을 살고 싶은데…. 아직은 용기가 없지만, 나도 다시 태어나는 마음으로 현실을 직시해야겠지. 내게는 시간이 조금 더 필요하다.

"한 생을 세상에서 산다는 건 타향을 고향처럼 사는 일인지 모른다. 그러다가 어느 때가 되면 우리는 문득 거기가 타향임을 깨닫고 귀향의 꿈과 해우하는 것은 아닐까." 죽음을 앞둔 철학자의 말은 옳다. 1982년 한국에서 태어난 전안나의 삶이 어쩌면 고향을 떠나 타향을 잠시 여행 중인 것인지 모른다. 어느 때가 오면 나는 이곳이 타향임을 깨닫고 귀향의 꿈과 해우할까?

한 생을 세상에서 산다는 건

타향을 고향처럼 사는 일인지 모른다.

그러다가 어느 때가 되면 우리는 문득

거기가 타향임을 깨닫고

귀향의 꿈과 해우하는 것은 아닐까.

나를 드러내는 용기를 내니, 나에게 주어진 네 개의 십자가 가벼워지는 느낌이다. 빨리 가려면 혼자 가고, 길게 가려면 같이 가라는 말처럼 고단하고 외로운 삶이 아니라, 사람들과 함께하는 소풍이 되었으면 한다. 사람들과 아픔을 나누기 위해 나를 먼저 드러내고, 내가 가장 두려워했던 것과 직면하여 거기서부터 다시 성장하고 싶다.

28

낙타 - 사자 - 어린아이의 글쓰기

《쓰기의 말들》

은유, 유유, 2016

내 생각을 글로 정확하게 표현해 낼 수 있는 능력이 있으면 좋겠다. 프란시스 베이컨이 말하길 "독서는 똑똑한 인간을, 토론은 재치 있는 인간을, 글쓰기는 정확한 인간을 만들어 낸다"라는데 내가 가지고 싶은 능력 세 가지가 바로 책을 잘 읽고, 토론을 잘하고, 글을 잘 쓰는 것이다.

책을 낸 출간 작가임에도 나는 글을 못 쓴다. 국문학과 출신도 아니고, 문예 창작학과 출신도 아니고, 직업이 기자도 아닌데 글로 돈을 벌다니…. 창피하게도 나는 아직도 글쓰기 초보이다. 원고를 투고했는데 읽고 나서 연락을 준다더니 연락 두절이 된 적이 한두 번인가. 심지어 선 계약을 하고 원고를 보냈더니, 문장 실력이 안된다며 출판사로부터 계약 해지를 당한 적도 두 번이나 있다. 자괴감에 빠진다. 글을 잘 쓰고 싶어서 글쓰기 책이 나오면 계속 찾아서 읽어 보고, 글쓰기 전문가들을 쫓아다니면서 꾸준히 공부하고 있다. 선배 작가들이 말했다. 글쓰기는 재능보다 훈련이라고…. 그래서 배우고 익히고 갈고닦으면서 쓰고 또 쓴다면 글쓰기 실력은 자연스레 늘어날 것이라는 말을 마음의 위로로 삼고 있다.

언제쯤 스스로에게 부끄럽지 않은 글을 쓰게 될까? 문학을 전공한 전공자나 가방끈 긴 교수나 연구자들처럼 쓸 수 있을 거라는 꿈을 꾸지는 않는다. 그저 내가 하고 싶은 말을 정확하게 표현할 수 있기를, 아직도 많이 남아 있는 화를 글로 조금씩 조금씩 녹여 내서 그 자리를 선한 것으로 채울 수 있기를, 내 이야기가 누군가에게 공감이 되기를 바랄 뿐이다. 나의 열정과 콘텐츠가 내가 원하는 만큼 글과 말로 표현될 수 있기를 바란다.

지금까지의 글쓰기는 나를 위한 글쓰기였다. 글쓰기는 감정 표현이 서툰 나의 감정 배출구였다. 글쓰기는 다른 누구도 아닌 나를 위한 위로였다. 종이에 쏟아 낸, 퇴고를 거치지 않은 날것 그대로의 감정 속에 일곱 살의 나도, 열다섯 살의 나도, 스물여덟 살의 나도, 서른세 살의 나도, 마흔 살의 나도 보인다. 내가 쓴 글은 내비게이션 최근 검색 목록 같은 행적이 된다.

글을 쓰면 내 마음속 감정을 객관적으로 돌아보게 된다. 그때 내 감정이 이러했구나, 더듬더듬 찾아 가고 있다. 정희진 작가가 말하길 "약자는 자기 언어가 없는 사람"이라는데, 그런 의미에서 나에게 글쓰기란 나의 언어를 찾아 가는 치유이다.

이번 책에 실린 글은 세 번이나 다시 쓴 글이다. 처음 시작은 3년 전, 3분의 1을 쓰다 멈췄다. 아픔이 너무 커서 글을 이어 갈 수가 없었다. 쓰면서 너무나 아파서, 눈물이 나와서 자판을 칠 수가 없었다. 카페에서 눈물을 주룩주룩 흘리며 자판을 두들기다 멈췄다.

두 번째 시작은 재작년 늦봄이다. 내 어린 시절에 대한 애도의 눈물을 멈춘 후, 다시 시작한 글은 양어머니에 대한 원망이 가득 찬 글이었다. 쓰면서 분노가 치밀어 손이 부들부들 떨렸다. 3분의 2를 쓰다 분량을 다 못 채운 채 글쓰기를 끝냈다.

그리고 1년이 지나, 세 번째 글쓰기를 시작했다. 세 번째가 되니 이제는 비관적 현실주의자가 되어 내 삶을 내 자산으로 다시 볼 수 있게 되었다.

니체는 인간은 낙타였다가 사자에서 어린아이로 변한다고 했는데 나도 글을 세 번 다시 쓰며 '내 형체'를 점점 찾아갈 수 있었다. 낙타처럼 내 삶에 주어진 무거운 짐을 인정해야 했다. '왜 이렇게 나만 힘들까'를 넘어서 내가 진짜로 원하는 것이 무엇인지 생각했다. 그렇게 사막을 벗어났고, 나만의 새로운 자아를 찾는 사자가 되었다. 이제는 있는 그대로의 나 자신을 찾아 실패를 두려워하지 않고 다시 시작하는 어린아이가 되고 싶다. 어느 날은 낙타처럼, 어느 날은 사자처럼, 어느 날은 아이처럼 왔다 갔다 변신을 거듭하지만, 심연 속에 놓인 밧줄을 더듬더듬 찾듯 본래의 나를 찾아 가고 있다. "나를 죽이지 못한 것은 나를 강하게 한다"라는 니체의 말처럼 나는 강해지고 있다.

나는 전안나이고 김주영이다.

그것이 바로 나 자신이다.

"두려움이 좋은 조언자는 아니지만 사람들이 보이면서도 못 본 체하는 많은 것을 드러나게 한다"는 이탈리아 철학자 조르조 아감벤의 말처럼 두려움은 많은 것을 알려 주었다.

신기한 것은 글을 쓰면서 내 무의식 너머에 있던 기억들이 하나씩 의식의 표면 위로 떠오른다는 것이다. 어디까지가 사실이고 어디까지가 왜곡된 의식인지 모르겠지만, 실제 있었던 사실들이 얽혀 또 하나의 추억을 만들어 낸다. 좋았다면 추억이고 나빴다면 경험이라는데, 추억과 경험이 적당히 비무려져 과거라는 서랍 속에 착착 담긴다. 무조건 잊어버리려 했던 기억도 구석구석 살펴보니 전부 나쁜 것만 있지는 않았다. "세상에 100% 즐거운 기억도 없고, 100% 슬픈 사실도 없다"라는 이탈리아 작가이자 화학자인 프리모 레비의 말은 옳았다. 좋은 기억이 하나도 없었던 어린 시절에도 양어머니가 싸준 호박잎쌈은 맛있었고, 교회 선생님, 회사 선배들, 스쳐 지나간 사람들, 남편, 아이들이 순간순간 나에게 위로가 되었고 기쁨이 되어 주었다는 사실이 글을 쓰기 시작하자 의식화된다.

어디까지가 상상이고, 어디까지가 기억이고, 어디까지가 사실인지는 모르겠다. 내가 쓴 글은 100% 사실이라 주장하지만, 내 마음대로 해석한 사유의 결과물에 더 가까울 것이다. 전안나라는 안경을 쓰고 내가 사는 세상을 본 것이다. 내가 왜곡하며 기억한 추억들이다. 상당수는 무의식 아래 밀어 넣어 잊어버렸으며, 혹은 잊어버렸다고 믿고 있다. 철저하게 이성적으로, 남 이야기하듯 서술하려 했지만 결국은 개인적 감정이 뒤엉켜 버렸다. 그럼에도 글을 쓰는 이유는, 글로 한 글자 한 글자 적어 보면 나를 더 잘 알 수 있기 때문이다. 머릿속, 마음속 어딘가에 존재하던 감정들이 이름을 갖고 종이 위로 내려앉는다. 생각들이 객관적으로 형체를 갖추어 간다.

글쓰기 전문가도 아니고, 글쓰기를 유쾌하게 생각하지도 않는데 글을 쓰기 시작하게 된 계기가 무엇일까 생각해 보니, 은유 작가의 말처럼 나에게도 "읽기에서 쓰기로 전환은 우연히 일어났다"라는 것을 깨달았다. 시작은 읽기였다. "나에게 일어난 일은 시차를 두고 누군가에게도 반드시 일어난다고 했던가. 정말로 그렇다면 자기 아픔을 드러내는 일은 그 누군가에게 내 품을 미리 내어 주는 일이 된다"라는 말처럼 내가 읽은 책들은 자신의 품을 나에게 내어 주었다.

나에게 일어난 일은 시차를 두고
누군가에게도 반드시 일어난다고 했던가.
정말로 그렇다면 자기 아픔을 드러내는 일은
그 누군가에게 내 품을 미리 내어 주는 일이 된다.

책을 읽으며 위로받고 사랑받았으며, "슬픔을 말하는 법을 배우고 슬픔을 말해도 괜찮다는 용기"를 낼 수 있었다. 책 속 주인공과 함께 울고 웃고 희망을 가졌다가 낙담하는 시간을 거치면서 나는 나를 알게 되었고, 나를 사랑하게 되었고, 삶에 대한 의욕을 찾게 되었다. 너의 힘듦이 너의 잘못이 아니라고 말할 수 있는 용기가 생겨 글로 내 이야기를 풀어낼 수 있었다.

작가가 된 후 마주한 가장 큰 변화는 책을 대하는 태도이다. 예전에는 책을 읽을 때 비판부터 시작했다. 하지만 모든 책은 작가의 고통 없이 나올 수 없다는 것을 이제는 안다. 모든 책은 세상에 나왔다는 것만으로 존중받아야 한다. 세 명을 만나면 그중에 반드시 한 명의 스승이 있다는 말처럼 어떤 책을 읽든지 적어도 그 책마다 한 가지는 배울 점이 있고, 한 가지는 따라 하고 싶은 글귀가 있다.

은유 작가는 "좋은 글은 자기 몸을 뚫고 나오고 남의 몸에 스민다"라고 말하는데, 정말 그런 좋은 글을 쓰고 싶다. 나는 그동안 다섯 권의 독서법 책을 썼지만 사실은 내 이야기를 독서법이라는 포장지로 싸서 내놓았다. 첫 책에서는 완전히 소진된 직장인으로서의 치부를, 두 번째 책에서는 헬조선에서 워킹맘으로 사는 어려움을, 세 번째와 다섯 번째 책에서는 제대로 된 태교 한 번 하지 못한 미숙한 엄마의 죄책감을 드러냈다. 그리고 네 번째 책에서는 사회 복지사로서의 한계를 담았다.

좋은 글은 자기 몸을 뚫고 나오고
남의 몸에 스민다.

이 책을 집필하면서 나를 드러내는 것은 이제 더 이상 피해자로 숨어 지내지 않겠다는 자기 선언이다. 숨겨 두었던 입양과 아동 학대 이야기를 꺼내는 이유도 나와 같은 아픔을 가진 이들에게 내 품을 내어 주고 싶어서이다. 이렇게 타인과 사회와 새로운 관계를 만들어 가고 싶다. 더 이상 피해자가 아닌, 아동 학대 생존자로서 새로운 세계를 만들고 싶다.

내가 좋아하는 은유 작가의 글처럼 핵심을 찌르면서도 참신하게, 알랭 드 보통의 글처럼 철학적이면서 공감되게, 유시민 작가의 글처럼 짧고도 분명하게, 정희진 작가의 글처럼 사회적 책임을 가지고, 수전 손택의 글처럼 남들과 다른 사유를 담은 글쓰기를 하고 싶다.

그들 작가의 개인적 삶을 동경하거나, 그들의 정치적 성향에 동조하는 것은 아니다. 그들의 글만 닮고 싶다. 하지만 글은 삶을 담고 있는 터, 삶이 다르니 같은 글을 쓸 수는 없겠지만 아무튼, 간절하게 글을 잘 쓰고 싶다.

사람마다 글씨체가 다르듯 언젠가는 전안나체 같은 그런 글이 나오길 바란다. 니체의 말처럼 도전해 본다. "그것이 삶이었던가? 좋다! 그렇다면 다시 한번!" 다시 한번 이 삶을 살아 낼 자신은 없지만, 다시 한번 내 이야기를 쓸 용기를 내본다. 어쩌면 이 책은 나와 같은 아픔을 가진 이보다는 '나'를 치유하는 글일지도 모른다. 이 책은 그것만으로도 목적을 달성했다. 모든 글은 나로부터 시작된다. 누구보다 먼저, 나를 위로하며 치료한다.

29

지금, 사계

《헤르만 헤세, 여름》
헤르만 헤세, 마인드큐브, 2017

헤르만 헤세를 좋아하지 않는다.

독일 작가답게 《데미안》, 《수레바퀴 밑에서》, 《황야의 이리》, 《유리알 유희》 등 그가 남긴 책은 다 어렵다. 헤르만 헤세는 소설 말고도 단편집, 시집, 우화집, 여행기, 평론, 수상, 서한집 등 다양한 글을 남겼다. '헤르만 헤세, 사계'는 헤르만 헤세가 남긴 글을 계절별로 모은 시리즈이다. 헤르만 헤세가 가장 좋아한 계절은 여름이라고 한다. 그래서 '헤르만 헤세, 사계' 시리즈는 1권이 여름, 2권이 가을, 3권이 겨울, 4권이 봄으로 구성되어 있다.

이 시리즈의 순서를 보면서 사람마다 계절을 맞는 순서가 다르다는 생각이 들었다. 어떤 사람은 태어났을 때 따뜻한 봄이었고 여름, 가을을 지나 춥고 외로운 겨울을 맞지만, 어떤 사람은 힘들고 어려운 겨울에 태어나 거꾸로 가을, 여름을 지나 따뜻하고 포근한 봄을 맞는 삶을 사는 듯하다.

나는 어떠한가 생각해 보니 봄 다음에 겨울, 그리고 지금 '여름' 순이다. 고아원에 있었던 5년여의 시절은 짧은 봄이었다. 헤르만 헤세는 "봄이 연중 가장 아름다운 계절이라는 말은 매번 되풀이해 듣곤 한다. 그러나 봄에 있어서 가장 아름다운 것은 바로 여름을 기다리는 즐거움이다"라고 말했다. 하지만 나에게 봄은 여름을 기다리는 즐거움이 아닌, 겨울이 되기 전 잠깐의 햇볕 같은 시간들이었다.

입양된 이후 20여 년은 혹독한 겨울이었다. 십 대의 나는 조용하고 눈에 안 띄는 아이였다. 이십 대의 나는 겉과 속이 다른 삶을 사는 사람이었다. 삼십 대의 나는 삶에 찌든 워킹맘이었다. 헤르만헤세는 "얼마나 많은 쓰린 죽음을 나는 이미 맞았던가. 모든 죽음의 보상은 새로운 탄생이다"라고 말했다. 몇 번은 신체가 죽었다가 살아나고, 몇 번은 정신이 죽었다가 살아났다. 나에게 십 대부터 삼십 대는 숙성의 시간이었다. 그 시간을 거치면서 나는 세 가지 보물을 얻었다.

얼마나 많은 쓰린 죽음을 나는 이미 맞았던가.
모든 죽음의 보상은 새로운 탄생이다.

첫째, 내 삶이다. 내 삶은 나의 자본이다. 전안나를 말할 때 김주영을 빼놓고 말할 수 없듯이, 내 과거는 전안나라는 별자리를 구성하는 하나의 별이 되었다. 김주영 - 고아원 - 입양 - 전안나 - 아동 학대 - 양아버지의 사업 실패 - 가정 불화 - 자기 계발 - 사회 복지사 - 워킹맘 - 아동 인권 강사 - 작가로 이어지는 내 삶의 여정은 지금의 나를 빚어냈다. 내가 경험한 일들이 다른 사람들에게 생기지 않기를 바라지만, 나에게는 삶의 자본이 되었다.

둘째, 신앙이다. 겨울을 보내는 동안 나에겐 신이란 것이 필요했다. 니체의 말처럼 "신이 있어서 신앙이 있는 것이 아니라, 신앙이 필요해서 신이 있는 것"처럼 말이다. 신을 찾기 위해 성경, 외경, 우파니샤드, 베다 경전, 법구경, 주역, 반야심경 등 다양한 경전을 읽어 보았다. 모든 경전에는 인간사를 관통하는 '집단 무의식'이 있다. 사람들은 흔히 특정 종교를 믿는 사람들의 모습을 보며 그 신을 욕하거나 믿는다. 하지만 신과 인간의 관계는 일대일의 관계이다. 어느 종교든 내 신앙과 상관없이 타인의 신앙으로 지옥이나 천국을 가거나 환생, 윤회를 하지 않는다. 일차적으로는 '나'로부터 비롯된다. 그런데 사람들은 특정 종교를 믿는 사람들의 모습을 보며 신을 판단한다. 양어머니가 '전도왕으로 칭송받는 신앙 좋은 권사님'인 것은 내가 판단할 몫이 아니다. 양어머니를 보며 신앙과 인격은 다르고, 신과 나의 관계는 일대일의 관계라는 것을 알게 되었다. 나는 내 의지로 신앙인이 되었다.

셋째, 책이다. 책으로 나는 인생이 바뀌었다. 초등학교 1학년 때 교통사고로 우연히 시작된 독서는 내 삶에 힘든 고비가 찾아올 때마다 나를 붙잡아 다시 책 앞에 앉혔다. 어린 시절 목적 없이 읽었던 책들은 내가 살아가는 여정마다 나를 붙잡아 주었다. 남들이 갖고 태어나는 금수저, 은수저는커녕 심지어 흙수저도 없이 맨몸으로 태어났지만, 책은 나에게 수저를 만들어 주었다. 책을 사는데 사용한 돈은, 다시 내 지갑을 채워 주는 뫼비우스의 띠가 되었다. '2,000권의 책을 읽으면 머리가 트인다'라는 말이 하루 한 권 책 읽기를 다시 시작하게 만들었다. 나는 60세까지 1만 권의 책을 읽겠다는 독서 목표가 있다. 고작 2,000권을 읽기 전과 읽은 후의 내가 이렇게 다른데, 1만 권을 읽고 나면 책은 나를 또 어떤 세계, 어떤 차원으로 데려다줄지 내 인생에 대한 기대감이 있다. 아침부터 저녁까지 책만 읽으면서 살 수 있는 파라다이스가 오기를 기대한다.

지금 나는 새로운 계절 '여름'을 맞이한다. 무덥고 땀이 뻘뻘 나다가, 소낙비가 왔다가, 장마가 왔다가 다시 무더워지는 여름 날씨처럼 지금 내 삶을 한마디로 말하면 안정과 불안정 사이, '정리 안 된 삶' 같다는 생각을 종종 한다. 안정을 추구하자니 남은 인생이 너무 긴데다 나는 아직 젊고 하고 싶은 게 너무 많다는 생각이 들고, 그렇다고 내 마음이 하고 싶은 대로 다 하고 살자니 부양가족을 생각하지 않을 수 없는 근심이 함께한다. 무엇을 기준으로 삼아야 할지 아직 잘 모르겠다.

앞으로 예상되는 어려움과 염려가 있다.

아이들은 이제 사춘기가 올 것인데, 무사히 넘길 수 있을까?

양가 부모님 네 분 다 여든이 넘었으니 언제라도 암이나 치매에 걸릴 수 있을 텐데 어떻게 해야 할까?

1인 회사를 운영하는 남편은 앞으로 몇 년이나 더 운영할 수 있을까?

물가는 자꾸 오르고 아이들은 커 가는데 나는 언제까지 경제 활동을 할 수 있을까?

아직도 집 대출금이 많이 남았는데, 언제쯤 대출 상환을 할 수 있을까?

계약한 책들을 무사히 집필해 낼 수 있을까?

언제쯤 부끄럽지 않은 글을 쓸 수 있을까?

사람을 진심으로 환대하는 날이 올까?

진실한 인간관계를 맺을 수 있을까?

또 내가 예상하지 못하는 어려움은 얼마나 많을까?

그럼에도 나는 다가올 어려움을 잘 대처할 수 있을 것이라고 스스로를 믿는다. 헤르만 헤세가 말했듯 "영혼이여 이제 시간으로부터 벗어나라. 너의 근심으로부터 벗어나라. 그리고 고대하던 아침을 향해 날아갈 준비"를 하고 있다. 좌절과 극복은 여러 번 해봤다. 이제 좀 더 유연하게, 노련하게 해결해 갈 것이다.

영혼이여 이제 시간으로부터 벗어나라.

너의 근심으로부터 벗어나라.

그리고 고대하던 아침을 향해 날아갈 준비를 하라.

나는 스스로를 존중하며, 내 존재 자체만으로 사랑받을 가치가 있다고 되된다. 타인에 휘둘렸던 삶을 끝내고, 내 삶의 주도권을 잡고 살아가겠다 다짐한다. 건강하게, 주도적으로, 행동하고, 선택하고, 책임지는 삶 말이다. 이제야 내가 무엇을 좋아하는지, 무엇을 하고 싶은지, 어떻게 살고 싶은지, 선호하는 것이 무엇인지, 잘하는 게 무엇인지, 회피하고 싶은 게 무엇인지, 나의 오만과 편견이 무엇인지, 직면해야 할 나의 한계가 무엇인지 부분적으로나마 알게 되었다.

지금이 내 평생 제일 좋을 때이다.

내가 살고 싶은 삶을 지금 살고 있다.

나는 과거를 반복하며, 과거에 살고 싶지 않다.

혹은 신기루 같은 미래만 생각하며 살고 싶지 않다.

반짝반짝 빛나는 오늘을 살고 싶다.

여기서 안주하는 것이 아니라 다시 한번 성장하고 싶다.

헤르만 헤세가 제일 좋아했던 '여름'처럼 "새롭고 의미 있게 세계는 나누어지고, 가슴속은 기쁨으로 밝아"지기를 기대해 본다.

30

엔딩이 아닌 진행형

《어떻게 살 것인가》

유시민, 생각의길, 2013

잘 살고 싶어서 펼친《어떻게 살 것인가》를 읽으며 '내가 오늘도 죽지 않고, 살고 있는 이유는 무엇인가?'라는 뼈 때리는 질문을 마주했다. '어떻게 살 것인가'를 말하면서 유시민 작가가 가장 많이 언급하는 것은 '죽음'이다. "왜 자살하지 않는가?"라는 책 속 질문이 마음을 콕 찌른다. 네가 왜 살아야 하는지 그 이유를 대라고 말하는 것 같다.

나는 왜 오늘도 살고 있을까? 한때 어떻게 죽을까를 생각했던 적이 있었다. 매일 그 생각을 했고, 시도한 적도 있다. 나는 죽고 싶었다. 사춘기를 혹독하게 겪던 내 삶을 막아선 것은 바로 '자살'이었다. 내가 오늘도 죽지 않고 살아야 하는 이유를 발견하지 못해 죽으려고 시도했으나 실패하고, 대신 접촉성 피부염이 생겼다.

이제는 30년도 더 된 옛날 일이다. 지금은 죽음을 생각하지 않고, 하루하루 미래를 그리며 살고 있다. 하지만 나에 대한 이야기를 글로 쓰기 시작하면서, 최근 들어 다시 죽음에 대해 생각한다. 자살을 생각한다는 이야기가 아니다. 이제 내 인생의 얼추 절반쯤 살았는데 남은 절반을 어떻게 살 것인가를 고민해 본다. 의미 있는 삶과 죽음이란 무엇인가 고민하다 불현듯 감정이 날뛴다. 고통받고 슬펐던 감정을 한 번도 다독여 주지 못했던 내 이성에 저항하듯 감정이 나댄다.

단테 《신곡》 '지옥' 편 첫 줄처럼 "길을 잃고 어두운 숲속 가운데 서 있었다." 한 번은 내 감정을 날것 그대로, 생생하게 세상에 꺼내야겠다고 생각했다. 그래야만 어두운 숲속을 벗어날 수 있을 것 같았다. 나에게 어두운 숲속이란 나의 출생과 입양이었다. 그리고 양어머니의 그늘, 이 모든 것이 어두운 숲속이었다.

내가 용기를 내기 위해 걸린 시간 40년. 그럼에도 차마 말로 할 용기가 없어서, 목소리가 떨려서 글로 쓴다. 다시 쓸 자신이 없어 그냥 날것 그대로, 세상에 벌거벗겨서 꺼내 놓는다. 아름답게 포장하고 싶지 않다. 누군가에게 읽히는 글이 아니라 그냥 나 혼자 일기를 쓴다 생각한다. 다른 사람을 의식하고 싶지 않다. 사람이 아닌 노트북에는 끄집어 내보일 수 있다고 생각한다. 자음 클릭, 모음 클릭, 다시 자음 클릭 그리고 마침표. 한 글자 한 글자 누르기가 조심스럽다.

이 글이 많은 사람에게 읽혔으면 좋겠다는 마음 한편, 안 읽혔으면 좋겠다는 마음 한편이 같이 든다. 이 글로 인해 누군가가 상처받거나 비난받기를 원하지 않는다. 나와 같은 아동 학대 피해자가 내 책을 읽고 잊었던 아픔이 생각나 상처가 덧나면 어쩌지 염려된다. 가해자가 이 글을 읽고 자신을 합리화하며 피해자를 공격하는 도구로 사용할까 두렵다. 분명한 것은 이 글을 써내려 가면서 내 마음은 편안해졌다는 것이다. 내 비밀을 대나무 숲에 털어놓은 것 같이 홀가분하다. 그것으로 되었다고 자족한다.

내 삶은 해피 엔딩도, 새드 엔딩도 아닌 '진행형'이다. 마음속 꼭꼭 숨겨 두었던 이 이야기를 꺼내면 마음에 평화가 찾아올까. 《어떻게 살 것인가》에선 "하루의 삶은 하루만큼의 죽음이다. 더 진지하게 죽음을 생각할수록 삶은 더 큰 축복으로 다가온다"라고 한다. 내가 지금 죽는다면, 이 책이 유작이 되겠지. 그렇다면 이 이야기의 결말은 해피 엔딩일까, 새드 엔딩일까?

하루의 삶은 하루만큼의 죽음이다.
더 진지하게 죽음을 생각할수록
삶은 더 큰 축복으로 다가온다.

나는 늘 태어나서 죄송했다.

내가 스물일곱 살까지 매일 들었던 말처럼 죽지 못하고 살아 있어서 죄송했다. 내가 아닌 다른 사람이 되고 싶었다. 나에게 없는 모든 것을 갈망했다. 상처받았기에 다른 사람에게 상처를 주는 거친 삶을 살았다.

거친 삶이 내 목을 옥죄일 때마다 책을 한 권씩 먹었다. 아작아작 씹어 먹었다. 목소리가 안 나와 다른 사람이 적어놓은 글을 따라 내 감정이, 내 느낌이 이 정도쯤 되려나 더듬더듬 내 감정을 찾아갔다.

내 삶에 스며든 자격지심을 내려놓는다. 고아가 된 것도, 입양이 된 것도, 아동 학대를 받은 것도 내 잘못이 아니야 하며 죄책감을 내려놓는다. 버림받았다는 상처도, 태어나서 죄송한 존재였다는 비참함도 내려놓는다. 친부모를 원망했던 마음도, 양부모를 미워하는 마음도 잠시 멈춰 본다. 한 번도 본 적 없는 친부모도, 돈이 필요할 때나 원하는 게 있을 때만 전화하는 양부모도 그냥 한 인생이려니 넘어간다. 그들도 순간순간 최선을 다한 선택이었으리라 이해해 보려 한다. 그들과 나는 같은 시대를 살았지만 서로 다른 세상을 살았다.

당신이 오늘도 죽지 않고, 살고 있는 이유는 무엇인가? 청소년기에 자살을 실패한 후, 내 삶의 목표는 '언젠가 친부모를 만났을 때 부끄럽지 않은 모습으로 만나는 것'이다. 한 번도 만난 적 없고, 사진도 없지만 거울에 비치는 내 모습 너머 친부모님의 얼굴을 상상해 본다. 나와 같은 사각형 얼굴에, 눈썹은 옅고, 속 쌍꺼풀을 가졌고, 팔다리는 길고, 약간 마른 체형을 가진 B형 혹은 O형 친부모님을 만나는 날, 그 순간 내 모습이 당당한 모습이길 바란다. 언제 어떤 순간에 갑자기 친부모를 맞닥뜨리더라도 우아하고 멋진 주영이로 만나고 싶다.

엄마가 된 후 내 삶의 목표는 '아이에게 자랑스러운 엄마가 되는 것'이다. 나는 친부모도 양부모도 없었지만, 내 아이를 버리거나 때리지 않고 사랑으로 키우는 엄마가 될 것이다. 아이를 세상에 단 하나뿐인 특별한 '한 사람'으로 존중하며 사회에 선한 영향력을 끼치는 건실한 사회인으로 키울 것이다.

지금 내 삶의 목표는 '책으로, 강연으로 사람을 돕는 베스트셀러 작가이자 사회 복지사 전안나'이다. 나는 김주영이자 전안나였던 나의 역사를 수용한다. 다른 사람에게 끌려 다니지 않고 내 결정에 따라 살 것이다. 내 지난 삶을 자본 삼아, 책을 지도 삼아 그렇게 사람들과 함께 살아갈 것이다.

나는 이번 생에 진심이다.
온 힘을 다해 나의 생을 살아 내고 있다.

절대로 이번 생이 망하게 둘 수 없다.
어떻게 살아온 40년인데….
나는 지금 여기서, 나로 잘 살아 내기로 했다.

내 이름은 김주영이다.
그리고 전안나이다.
그것이 내가 오늘도 죽지 않고 살아 있는 이유이다.
태어나서, 참 다행이다.

태어나서 죄송합니다

초판 1쇄 발행 2022년 3월 23일

지은이 전안나

펴낸이 신민식
펴낸곳 가디언
출판등록 제2010-000113호

주소 서울시 마포구 토정로 222 한국출판콘텐츠센터 306호
전화 02-332-4103
팩스 02-332-4111
이메일 gadian@gadianbooks.com
홈페이지 www.sirubooks.com

출판기획실 실장 최은정
편집 김혜수 디자인 이세영
경영기획실 팀장 이수정
온라인 마케팅 권예주

종이 월드페이퍼 인쇄 제본 상지사

ISBN 979-11-6778-031-7(03810)